JN110981

ハロウィン・マンション

「お兄ちゃんのお嫁入り」より

「むねー、ぼくも〃はろいん〃する！」

帰宅するなり脚に突撃してきたちびっこ礼央（れお）のいきなりの主張に、宗匡（むねまさ）は凜々（りり）しい眉根を寄せた。

「あぁ？　はろいん？」

スーツの胸に輝く弁護士バッジがあっても、男前ながら強面（こわもて）の風貌（ふうぼう）、少し掠（かす）れた重低音ボイスをもつ大柄な宗匡は、完全に頭にヤのつく職業の人のようだ。

しかしながら義父になついている幼稚園児はまったく怖がらない。ＬＤＫに向かう宗匡の長い脚にコアラよろしくしがみついたまま「はろいん」の説明をする。

「へんしんして、おかしもらうの！」

「あー……Halloweenか。変身っつーか仮装だな」

そういやアメリカにいたころにやってたなあ、と思い出す。

日本のはもはや仮装祭りという特殊なイベントになっているけれど、子どもからしてみたら「おもしろい格好をして、お菓子をもらえる」なんて最高のイベントだろう。

どうして礼央が急にハロウィンに興味をもったのかというと、礼央の姉である小学一年生の留奈（るな）が授業の一環で簡単な仮装をし、お菓子をもらってきたのが発端（ほったん）だった。

食いしん坊のちびライオンが、お菓子をもらえるチャンスを見逃すはずがない。

「ぼくも〃はろいん〃したい！」と年の離れた兄である理緒（りお）に訴えていたところに宗匡が帰宅し、ここぞとばかりに突撃してきたのである。

「たぶん、当日に『今日が本番だからもう一回やりたい』って言うと思います」

「だよな……」

楽しいことは何度でもしたい礼央と、生真面目（きまじめ）ゆえ日付にこだわりたい留奈の性格を思うと、理緒の予想は百パーセント当たるだろう。

「そういえば、最近はアメリカでも子どもたちの安全を考えてお菓子をもらいに行くのはやらない地域が増えてきたっていうニュースを見ました。そう言ってみます？」

「納得すると思うか？」

「しないですよね……」

理緒と宗匡の脳裏に同じ映像が浮かぶ。

暴れる駄々っ子と化したちびライオン、そして大人の言い分を物分かりよく聞きながらもしょんぼりと肩を落とす留奈だ。

こうなったら仕方ない。チビらに突撃されそうなご近所さんたちに協力を頼みに行くか、と宗匡は理緒と頷きあった。


まずはお隣。

礼央に「くりちゃん」、留奈には「ともさん」と呼ばれている、ブーランジェリー『atelier（アトリエ） 麦（むぎ）』のパン職人、栗木（くりき）を訪ねた。

「わあ、おもしろそうです！　いいですよ、僕、何か焼きますね」

にこにこ顔で即了承してくれた彼の作るパンは絶品だ。チビらも大喜び間違いなし、と協力に感謝したところに、奥からのっそりと大柄な男前が現れた。

栗木の隣に住む、人気作家の雄豪（ゆうごう）だ。強面で迫力があるせいか「むねに似ている」と礼央に慕われている彼も、「礼央たちが楽しみにしてんなら」と話にのってくれることになった。ありがたい。

次は下の階、晴久（はるひさ）と雪穂（ゆきほ）のところに向かった。

子ども好きでやさしい美男の晴久は以前からチビらをよくかまってくれており、事故に遭いかけた礼央を身を挺（てい）して守ってくれた恩人でもある。

一方の雪穂はおっとり箱入りで、晴久の誕生日などのイベント時には料理やお菓子の作り方を年下の理緒に学びに来る。なんだかんだと家族ぐるみで仲よくしているから頼みやすいふたりだ。

「もちろんいいですよ」

にっこり、即答してくれたのは晴久だ。しかも料理上手な彼は、「お菓子はあまり作ったことがないんで、買った方がいいですかね」なんて次元の違う悩みを口にする。

「あの、お菓子はうちで用意したのを渡してくれるだけでも……」

理緒が遠慮がちに口を挟んだのとほぼ同じタイミングで、雪穂が小さく手を挙げた。

「えっと……、お菓子だったら、前に理緒くんから習ったケーキなら、僕、たぶんちゃんと作れると思う」

チビらのために頑張ってくれるつもりらしい。

ただ、生クリームたっぷりのケーキは持ち運びに向かない。ついでに言うと礼央は我慢できずにその場で食べて、ぷくぷくのほっぺたと衣装をクリームまみれにして帰ってきそうだ。

お菓子の種類までリクエストしてもいいものだろうか、と理緒と目を見合わせたら、晴久が「落としても大丈夫なお菓子のほうがいいと思いますよ」とやんわり雪穂を止めてくれた。さすがだ。

ふたりで何か用意しておきますね、という約束をもらって、さらに数軒、チビらに狙われているところに話を通しておく。これで根回しは万全……と安堵したのに。

翌日、お菓子だけでは不十分なことが判明した。

「マジか……」

「まじ!! みんなでへんしーん!!」

ぴょんぴょん飛び跳ねて主張する礼央に、期待に満ちた瞳を向けてくる留奈。

チビらの〝はろいん〟には日本式も色濃く影響していて、大人たちにまでコスプレを求めてきたのだ。

さすがにそれは気乗りしないものの、チビらを子どもとして自分たちが庇護していられる時間は人生のスパンで見たらそう長くない。子どものうちの楽しい思い出、愛された記憶が人生そのものを支えるのを宗匡は弁護士として多く見ている。

——ここまできたら、やってやろうじゃないか。

覚悟を決めた宗匡は、改めて〝はろいん〟の協力者にさらなるお願いをする決意を固めた。もちろん自分も人生初のコスプレを受け入れるのだ。

そのとき、はたと気づいた。

(……これ、普段の理緒なら絶対に着ないような格好を合法的に見られるチャンスなんじゃないか?)

ハロウィンといえば、あんなのや、こんなのや、そんなのがある。いまはネットや店で手軽にコスプレ衣装を買えるし、理緒なら絶対なんでも似合う。

俄然(がぜん)やる気が湧いてきた。

おそらく、雄豪と晴久も恋人に何を着せるかという楽しみで協力してくれるに違いない。

ハロウィン・クロゼット

「お兄ちゃんのお嫁入り」シリーズより

【お兄ちゃんのお嫁入り（八束ファミリー）】

ハロウィンの仮装には事前準備がいる。

参考資料として、ハロウィンの絵本を見せながら、「何になりたい？」と理緒が弟妹にリクエストを聞いてみたら、礼央から元気よくいつものフレーズが飛び出した。

「ぼく、ライオン！」

ちなみに絵本の中にライオンはいない。

「うーん、ライオンでもいいのかもしれないけど、狼男とか黒猫のほうがハロウィンっぽいけどなあ」

「なんで？」

素朴な疑問に理緒が答えられずにいたら、「ハロウィンの成り立ちが関係してるんだよ」と宗匡が代わりに説明してくれた。

世界各国を渡り歩いてきただけあって宗匡は博識で、しかもちびっこ相手でも手を抜かずにしっかり付き合って答えてくれる。表現を嚙み砕くのにたまに苦労しているけれど、そういう姿も真摯で素敵だなあ、と理緒は惚れ直してしまう。

いつもはフリーダムなちびライオンだけれど、大人扱いできちんと話をしてもらうと案外素直に納得する。あっさりライオンをやめて乗り換えた。

「じゃあぼく、ほねマンになる！」

「ほねマン？　このガイコツくんのこと？」

「うん！　ほねマンかっこいい！」

「ロックだな」

感心した口調の宗匡に、礼央はむふーっとご満悦顔だ。

どうせならもっともふもふ系とか、凝った衣装のものが見てみたかった気もするけれど、礼央なら骸骨（がいこつ）がプリントされた全身タイツのような衣装も可愛く着こなすに違いない。

いっぱい写真を撮っておかないとな、などと兄バカなことを思いつつ、今度は留奈の希望を聞いた。

「……まじょ、が、いいな」

照れくさそうな小さな声の答えは、ハロウィンの仮装として大正解だ。

黒いとんがり帽子にフリルのついた黒のワンピース、キラキラ光る魔法の杖（つえ）も含めて絶対に留奈に似合う。こちらもたくさん写真を撮らなければ。小さくて可愛いもの――留奈礼央を愛してやまないノリさんファミリーからも頼まれているし。

メインの弟妹が決まったところで、大人組の番だ。

「にーちゃはどれにする？」

「そうだねえ、僕は……」

絵本のキャラクターたちをざっと見て、いちばん衣装に手間がかからなそうなのを選んだ。

「これかな」

「おばけ？」

「うん」

シーツをかぶるだけですみそうだし、と思ってのセレクトに、弟妹ばかりか宗匡までもがショックを受けた顔になった。

「え、な、なに……？」

動揺する理緒にぎゅっと礼央が抱きついてくる。

「おばけって、しんじゃったらなるやつだよね!?　にーちゃがしんじゃうの、やだー!!」

「いや、仮装だから……」

反対側から抱きついてきた留奈も深刻な顔で訴えてきた。

「おにいちゃん、おばけって、じょうぶつできないたましいなんだよ？　かわいそうなの。おにいちゃんがおばけになったら、るな、かなしい」

「う、うん、そっか……」

いつになく饒舌（じょうぜつ）だけれど、いったいどこでそんな知識を妹は得たのだろう。

戸惑いながらも宗匡に目をやった理緒は、その表情で彼も理緒のおばけに乗り気じゃないのを察する。

「宗匡さんも反対ですか？」

「そりゃあな。せっかくの仮装なのに、頭からすっぽりシーツなんかかぶられたら理緒が見えねえだろ。なんも楽しくねえ」

「……宗匡さん、意外と楽しみにしてたんですね」

「普段見られない理緒の格好とか、貴重だろ」

あっさり返されたけど、なんだか急にコスプレするのが気恥ずかしくなった。

「そんなふうに言われたら、何を着たらいいのかわからなくなります……」

「好きなのでいいぞ。シーツ丸かぶり以外で」

にやりと笑ってからかわれる。

せっかく人生初のコスプレをするなら恋人が喜んでくれる格好がいいのだけれど、何を着たら喜んでもらえるのかわからない。

思いきって丸投げしたら、宗匡は「理緒はなんでも似合うからなー。着せたいのはいろいろあるが、あんま露出が多いとチビらと一緒に外に出せなくなるし……」などと真剣に悩み始めた。

弟も勝手に悩む。

「にーちゃもほねマン……？」

「却下」

聞いてないようで聞いている宗匡だ。

ああだこうだと宗匡と礼央が意見を出し合っていたら、おずおずと留奈が理緒の裾を引いた。

「おにいちゃん、くろねこはだめ……？」

「黒猫？」

「まじょには、つかいまがいるから」

「つかいま……、あっ、魔女の留奈の使い魔で黒猫ってこと？」

こくりと留奈が頷く。

いったい妹はどこでこういう知識を得ているのか、と改めて思うけれど、そういえば留奈が図書室から借りてきていた本には魔法陣みたいな絵が描いてあったし、ホラーやオカルト系のテレビ番組も熱心に見ていた。

兄が気づかないうちに妹は自分の世界を広げ、着々と成長しているのだ。

「理緒は黒猫より、白とか三毛のが似合いそうだがなあ」

「まじょのつかいまは、くろなの」

きっぱりとした宣言に「じゃあ仕方ねえな」と宗匡が笑って、理緒は猫耳しっぽ担当で決定した。

残すは宗匡だ。

「むねはこれ！」

小さな指がぴっとさしたのは、絵本に描かれているフランケンシュタイン（の怪物）だ。

フランケンシュタインという名は本来は人造人間を作った博士の名前で、生み出された生命体は「怪物」と呼ぶのが正しいのだけれど、わかりやすさを重視している絵本では昔ながらに怪物を「フランケンシュタイン」と呼んでいる。

宗匡がおもしろそうに眉を上げた。

「へえ、なんでこれがいいんだ？」

「おっきくて、つよいから！　ねじとか、きずとか、かっこいい!!」

幼稚園児男子なりの熱がこもったプレゼンに、珍しいことに留奈がおかっぱ頭を振って反対した。

「まささんは、こっちなの」

細くて小さな指がいつになく力をこめてさしたのは、マントをひらめかせ、口から血を滴らせた吸血鬼だ。礼央が大ブーイングする。

「なんでー!?　よわそうじゃん！」

「よわくないの。かっこいいの。まささん、くろがにあうし、きゅうけつきはちをすってなかまをふやせるんだよ」

「ちをすうの、カじゃん！」

「ちがうもん！」

めったにないくらい留奈が熱い。よほど吸血鬼に思い入れがあるらしい。

バチバチと視線でやりあうふたりに、あわやきょうだいゲンカ勃発か、と理緒がおろおろしていたら宗匡が苦笑して割って入った。

「俺のコスプレ衣装ごときでケンカすんなよ」

「だって……！」

「でも！」

「わかったわかった、ハイブリッドってことでどうだ」

「はいぶいっど？」

「くるま……？」

きょとんとする留奈礼央に、宗匡がにやりと笑う。

「フランケンシュタインで、しかも吸血鬼ってことだ。どっちの力も持ってたらいいだろ？」

ぱあっと子どもたちの顔が輝いた。

「さいきょーだ！」

「ふくはくろにしてね、マントも……！」

留奈のこだわりは衣装にあったらしい。

かくして弟妹も納得のコスプレ宗匡――オールバックで顔に斜めに走るいくつかの傷と血の滴る牙(きば)があり、長身に纏(まと)うのは漆黒の衣装（マント付き）――が爆誕し、恋人の格好よさに理緒はまたもや惚れ直したのだった。

ちなみに宗匡も理緒の猫耳しっぽ付きの姿に魅了されてめまいを覚えているので、似た者夫夫(ふうふ)である。留奈の魔女っこと礼央のほねマンが最高に可愛かったのは言うまでもない。

【嘘つき溺愛ダーリン（晴久と雪穂）】

八束家からハロウィンの協力を頼まれた晴久は、キッチンで鼻歌混じりに砂糖とバターを混ぜながら恋人の雪穂に着せたい衣装を妄想する。

あれもいいし、これもいい。

ほわほわした雰囲気の綺麗な雪穂には、清らかな白やパステルカラーがよく似合う。一方で、黒や赤などの濃い色を着せても肌の白さが際立って魅力的に映るだろう。要するに何を着せても最高なのだ。

（着てないのも最高だけど）

落ち着き払った穏やかな顔で、晴久は恋人が聞いたら真っ赤になって「ハルくんのえっち……！」と言いそうなことを考える。困ったことにそういう雪穂がまた可愛いから、思考がさらにエスカレートするのだ。

「ハルくん、なんだか楽しそうだね？」

隣でかぼちゃをマッシュしていた雪穂が無垢な瞳で見上げてきて、晴久は内心で若干の後ろめたさを覚えながらもにっこり笑顔で頷いた。

「楽しいことを考えていたので」

「ふうん……、どんなこと？」

「雪穂さんのこと」

本当のことを言っただけなのに、ふわりと恋人の頬が染まった。

やばい、これくらいで赤くなるとかめちゃくちゃ可愛い。うっかりハロウィン用のかぼちゃのカップケーキ作りを後回しにしたくなる愛しさだ。

けれどももうオーブンは予熱してあるし、お菓子作りは料理と違って慣れていないからホイップした甘いバターを放置していいものかわからない。

やむをえず作業を続行しながら、晴久は妄想の一端――話しても問題のないところ――を雪穂に明かした。

「礼央たちの希望で、俺たちもハロウィンのコスプレすることにしたじゃないですか。雪穂さんに着てほしい衣装を考えてました」

「何がいいの？」

どうやら恋人は晴久の希望を叶（かな）えてくれるつもりらしい。

心（本能）に正直なリクエストをしたいのはやまやまだけれど、今回は恋人としてのイベントじゃなくて留奈礼央がメインだ。ちびっこたちを出迎えるのにふさわしくない格好は許されない。

考えつつ口を開く。

「睦実（むつみ）さんも言ってましたけど、雪穂さんって天使とか妖精とかのイメージなんですよね。そういう格好をしてほしい気持ちもあるんですけど、ハロウィンらしい仮装となると魔法使いとか……」

「ほねマンとか？」

「ほねマン？」

まさかあの骸骨の全身タイツみたいな衣装のことか、と眉をひそめるのに、雪穂は真面目な顔で頷く。

「礼央くん、ほねマンになるんだって。おそろいにしない？って誘われたんだけど……」

「却下します」

思わず反射で答えていた。

かぼちゃのカップケーキをオーブンに入れるところまで作業を終えてから、焼けるのを待つ間に改めて衣装の相談をした。

「ハルくんってラルフっぽいなって最初に思ったし、狼男はどう？」

昔飼っていた大型犬の名を挙げて雪穂に勧められたけれど、恋人にわんこアピールしたいわけじゃないし、そもそも狼はわんこじゃない。ついでにいうなら恋人を襲う狼としては自分以上にキャラがぴったりな人がいる。

「狼男って、俺より上の階の雄豪さんのほうがイメージじゃないですか？」

「あっ、たしかに……！　雄豪さんは狼以外想像できないね」

納得した雪穂が次に挙げたのは。

「吸血鬼はどう？　衣装が格好いいし、絶対ハルくんに似合うと思う」

わんこからアダルト路線、いい感じの進歩だ。

にっこりして頷いた晴久は、黒ずくめの吸血鬼イメージから連想して恋人用のナイスな衣装をひらめいた。

「雪穂さんは神父さんとかどうですか？」

「神父さん……？　でもハロウィンって、魔物に困らされないように仲間だと思ってもらえる格好をするんでしょう？」

八束ファミリーから依頼を受けたあと、どうして仮装するのかを調べた雪穂がもっともな疑問を呈する。が、反論は簡単だ。

「俺が吸血鬼なんですから、一緒にいる雪穂さんは血を吸われてとっくに仲間になってるってことにしたらよくないですか」

「なるほど……」

素直に納得する恋人のなんと愛おしいことか。

設定への忠実さを表明して、今夜は白く魅惑的な首筋を存分に吸っておこうと晴久は心に決める。

神父服を着たときに、ちらりと見えたり見えなかったりする位置に残る甘い夜の痕——滾る。

「神父のカソックって、禁欲的なところが逆にそそりますよね」

「……ハルくん、ときどき変なこと言うよね」

困惑顔の雪穂に「気のせい気のせい」と笑顔で返して、甘い香りが漂い始めたオーブンをのぞきこんだ。

しっかりふくらんでいるかぼちゃのカップケーキと同じく、晴久のハロウィン当日への期待――留奈礼央をトリートしたあとの雪穂神父とのお楽しみについて――もふくらんでいた。


【おとなりの野獣さん（雄豪と朋）】


「～～～終、わったー！」

原稿を添付したメールの送信ボタンを押して、雄豪は大柄な体軀をイスの上で思い切り伸ばす。

出版社の人事異動に伴う引き継ぎにトラブルがあり、締切が早まった連絡が遅れて届いたために予定よりもはるかにタイトなスケジュールで執筆する羽目になった原稿が、なんとか間に合った。

本当ならブチ切れて断ってもいいところだったけれど、あの雑誌の編集長には世話になっている。平身低頭で謝られたらこっちが無理をするしかない。

「短編だからって簡単に書けると思うなよ……」

思わずうなり声のような恨みごとが漏れるのは、睡眠と恋人が不足していて限界寸前だからだ。

寝ないと頭が働かなくて書けないが、寝ると間に合わない。細切れの時間でとった仮眠は三日間トータルでおよそ二時間。さすがに眠い。

しかし雄豪にとってそれよりも深刻なダメージは、隣に住んでいるのに恋人の朋(とも)とほとんど会えなかったことだ。

パン職人の恋人は、忙しい雄豪を心配して毎日おいしいカスクートを「これなら片手でも食べられるよね?」と届けてくれた。その心遣いも、応援してくれる気持ちもたまらなく愛しくて、来るたびに帰したくなくなった。

けれども至急の仕事がある。

わかっているからこそ朋も長居はせず、「がんばってね。僕も豪くんの小説、楽しみにしてる」と励ましたらすぐに帰っていった。

おかげで仕事は間に合ったが、大好物をおあずけ状態だったせいでストレスがひどい。

入る暇もなかった風呂の代わりにざっとシャワーを浴びて、髪も乾かさずに隣に向かった。合鍵でドアを開けると、パンの焼けるこうばしい香りがふわりと玄関先まで漂ってくる。朋がいつも纏っている、おいしい匂(にお)いの一部だ。本体はもっとうまそうな匂いがする。のしのしと勝手知ったる家の中を歩き、LDKのドアを開けた。

「あ、おかえり豪くん。お仕事終わった?」

オーブンの前でパンの焼き加減を見ていた朋が、顔を上げてふわりと笑う。

「おかえり」に胸の奥から言葉にならないあたたかな気持ちが湧いてきて、無言で距離を詰めて小柄な体にのしかかるようにして抱きしめた。

「わっ、ちょ……っ、豪くん、重い……っ」

「んー……」

ああ、朋の匂いだ。めちゃくちゃうまそうで、ものすごく腹が減る。

ちゃんとした返事もせずに香りを深く吸い込んで、大柄で筋肉質な雄豪の体を支えきれずにふらついている朋をそのまま押して移動させ、リビングのソファに押し倒す。軽くバウンドした細い体躯を押さえこむようにのしかかって、首筋に鼻先をうずめた。くすぐったそうに朋が笑う。

「もー……、豪くんってば。それで、お仕事はちゃんと終わったの？」

「終わった」

「ん、そっか。お疲れさま」

今回は大変だったねえ、とまだ濡れている髪を朋が撫でてくれる。こういうところがたまらない。好きだ。どうしようもなく。次から次へと愛しい気持ちが湧いてきて、言葉では追いつかなくなる。

唇に触れている甘い香りのする首筋に思わずかぶりつくと、首が弱い恋人はびくんと体を跳ねさせた。

「ちょ……っ、豪くん、いま、パン焼いてるから……っ」

「知ってる。少しでいい」

「少しって、何が……っ」

「朋の補充」

首筋を軽く噛みながら目を上げると、間近で視線が合った朋の体温がふわりと上がった。頬や耳もピンク色に染まって、このうえなくうまそうだ。

一気にがっついてしまいたい気持ちを無理やり抑えているせいか、ぐるる、と喉でうなり声があがった。我ながらケダモノだな、と苦笑するのと同時に、朋も笑う。

「やっぱり、豪くんのハロウィンは狼男だよねえ」

「ああ……、礼央んちに頼まれたやつか。いまの気分はゾンビだけどな」

「寝てないもんね。目の下のクマ、すごいよ」

恋人の指が目の下をやさしく撫でる。自分じゃわからないけど、たぶんひどい顔をしているのだろう。それなのに朋は甘やかな眼差しで、しっかり雄豪を抱きしめ返してくれているのだ。

こうやってゆっくり会えるのを恋人も待っていてくれたのが伝わってきて、それだけで心が満たされる。……いや、体も欲しいから満たされきってはいないけど。

「コスプレ、もうゾンビでもいいような気がするな。素でいけそうだし、朋ももう俺の仲間だし」

「僕が？」

きょとんとする恋人に、雄豪はにやりと笑ってもう一度細い首筋にやわらかく歯を立てる。

「ゾンビって、噛まれたら感染するんだろ」

「！」

強く噛んだら、抱きしめる朋の腕が力が強くなって頭上で甘い声が漏れた。パンが焼きあがるまでもう少し、自分に感染してもらおう。

そうして朋を堪能（たんのう）したがぶがぶタイムはおよそ五分。体感時間では一瞬だ。

オーブンがパンの焼き上がりを知らせて、とろとろに瞳を潤（うる）ませ、息をはずませた朋にシャツの背中を力なく引っぱられた。

「も……、おわり……。パン……」

「一時中断、な」

これで終わりなんて無理という意思をこめて告げ、濡れた唇を舐（な）めて体を起こす。キスと甘噛みだけでふらふらになっている朋を助け起こしてオーブンの前まで支えてやった。

パンの焼き加減を見た朋が納得顔で頷いて、焼きたてならではの食欲をそそる香りを放っている丸っこいそれらを網の上に移す。ミニクッペっぽいが、黒いつぶつぶが見え隠れしているからアレンジしてあるのだろう。

「黒いのは？」

「粗みじんにしたブラックオリーブ。塩気が合うと思って。食べる？」

「んあ」

返事も兼ねて口を開けたら、「甘えただなあ」と笑いながらも熱々のひとつを手に取った。雄豪よりひとまわり以上小さい、繊細でやさしい手だけれど、職人だからか熱さには強い。

大きく割って、ほわりと湯気がたちのぼるそれをさらに割った。軽く息を吹きかけて冷ましてから雄豪の口に入れてくれる。

かりっと焼き上がった表面はこうばしく、中のクラムはやわらかくしっとり。小麦の香りにオリーブの塩気と旨みがきいている。

「うまい」

「よかった。もっと食べる？　クリームシチューもあるよ」

「食う。デザートは朋な」

「……一回眠ってからね？　豪くん、ほんとに顔色悪いから」

「無理。朋が足りてねえから寝らんねえ」

「無茶苦茶言うなあ」

苦笑しながらもべったりくっついている雄豪を邪魔者扱いすることもなく、恋人は夕飯の支度を整えてくれ、雄豪の「俺の膝の上に乗って食わせてくれ」というワガママにも照れつつ付き合ってくれる。

愛され、甘やかしてもらっているのを実感して疲労が蒸発してゆくようだ。膝に乗っている恋人の細い肩にことんと頭をもたれさせて、雄豪は満足のため息をついた。

「愛してるぜ、朋」

「……僕も、豪くんのこと愛してるよ」

よしよし、と髪を撫でてくれる手がやさしくて、閉じた目が開けられない。まだまだ朋を補充したいのに、睡魔があまりにも強すぎる。

「……くそ、目が開かねえ……」

「よく頑張ったもん。いいよ、寝て。……何時に起きても、豪くんがしたいことに付き合うから」

ひそめた声は羞恥心のせいだろう。それでもくれる約束に幸福感に満たされ、意識を保っていられなくなる。

「……十分後……」

「わかった。起こすね」

なんとか呟いた単語に望みどおりの返事がきて、安心して雄豪は眠りの世界に身をゆだねた。誰かと一緒のときにぐっすり眠るなんて、朋以外じゃありえない。

それからきっかり十分後、恋人は約束を守ってくれた。

短くも深い睡眠でＨＰがいつもの半分ほど回復した雄豪は、念願どおりにがっつり大好物――朋を堪能して、再び眠りに落ちる。

翌朝、目が覚めたら心身ともにすっきりして気力も体力も漲っていた。ゾンビ卒業だ。

朝食のテーブルを囲んで、改めて朋とコスプレ衣装の相談をする。

「朋はどうすんの？　コスプレ系の衣装作りが得意な知り合いがいるから、希望があれば頼んでおくぜ」

「ほんと？　でも、わざわざ一日のためだけに買うのもなあ……。手軽そうだし、ミイラ男になろうかな。包帯くるくる巻いて」

「……つまんねぇ」

「おもしろさは追求してないからいいの」

せっかく本格的な衣装が用意できるのに、ほぼ全身が隠れてしまう手軽さ重視のコスプレを選ばれたら当日の楽しみが激減する。……いや、しないか？

にやりと笑って雄豪は恋人に流し目をやった。

「リアリティを重視するんなら、裸に包帯だよな」

「へ」

「礼央たちが帰ったあとが楽しみだなあ？」

くるくるほどいて悪代官ごっこをするのもいいし、手首や足首に包帯が巻き付いてしまって身動きがとれなくなった獲物を味わうのもいい。

朋のことだから当日はおいしいご馳走を用意してくれるだろうが、トリートされても関係ない。雄豪にとって可愛いミイラ男に誘惑されたらトリックは必定だ。

せっかく楽しみになってきたのに、朋が「やっぱりミイラ男はやめる」なんて言いだした。

「なんでだよ」

「よくない波動を豪くんから感じました」

「……気のせいだろ」

「絶対気のせいじゃないよね？　いま間があったもん。違うのにする……！」

小動物の警戒センサーは案外鋭い。

「じゃあどうすんの？」

「んー……、ちょっと考えてみる。ていうか豪くんは？」

「俺？　なんかリクエストあるか？」

聞いてみたら、ぱっと瞳を輝かせて即答がきた。

「狼男！　豪くんにぴったりだと思う」

「じゃあ俺はそれで。朋もおそろいでいいよな」

「えっ、ぼ、僕も？　なんでおそろい……!?」

小動物系の自覚がある恋人は目を丸くしている。リスがどんぐり鉄砲をくったみたいで最高に可愛いなと思いつつ、理由を明かした。

「狼って、番と一生添い遂げるっていうじゃん」

「……っ」

ふわりとなめらかな頬が染まって、それがあんまりうまそうで抱き寄せてかじってしまった。おそろいをOKするまで。

当日、知り合いのおかげで手触り抜群のもふもふしっぽと耳を朋とおそろいで生やすことができた雄豪は、夜にはもふもふを活用して存分に楽しんだのだった。

【いじわる偏愛ダーリン（慶邦と睦実）】

リモートワーク中の風見が居間でノートパソコンに向かっていたら、軽やかな足音が近づいてきた。手を止めて目を上げたのと同時に、襖が開いて恋人の睦実が様子をうかがうようにひょっこり顔をのぞかせる。

「慶邦、いまいい？」

「ああ。どうした」

「これ見た？　すごくね？」

つり目がちの大きな瞳をキラキラさせて睦実がこっちに向けたのはスマートフォン、画面には数日後のハロウィン用の試着だとかで浮かれたコスプレをしている友人カップルがいる。

「ああ。さっき晴久から届いてた。吸血鬼晴久に神父の雪穂だろ。同じマンションの子どもたちのためというわりに気合入ってるよな」

淡々と答える風見とは対照的に、「ほんと、すげえよなー。……ドラキュラ伯爵か……」とスマホを眺めて睦実が興味深げに呟く。

ちらっとこっちに目をやったと思ったら、なにげない——と本人は思っているだろう口調で聞いてきた。

「仮装ってさ、やってみたら楽しいのかな」

「やりたいのか？」

「べ、べつに……っ」

　きょろんと目をそらし、挙動不審になっている時点で「やりたい」というのが明白だ。誘導が下手くそだし、なんでこれでごまかせると思っているのかわからないが、そこも睦実の愛しいところだ。

　この可愛い恋人にコスプレさせるなら……。

「睦実は黒猫だな」

「なんで限定なんだよ！」

「鏡を見てみろ」

　さっくり返すと、自分でも猫っぽいのを自覚している睦実はうぐぐと口をへの字にしたものの反論しない。代わりに、怒ったふりで期待に満ちた目を向けるという器用な真似（まね）をやってのけた。

「じゃあさ、俺が猫なら慶邦は……」

「ドラキュラは晴久がいるぞ」

「……っ先回りすんな！　悪魔！　そうだ慶邦は悪魔だ！　性格の悪さも含めてぴったりだろ？」

　してやったり、といわんばかりのツンデレ猫の反撃に風見は頷く。

「そうだな、いいと思う」

「いいのかよ」

自分で言っておきながらびっくりしている睦実はつくづく可愛い。にやりと唇が弧を描いた。

「人は悪魔に魂を売り渡したがるものだからな。どれ、睦実も俺の下僕にしてやろう」

「！　やめ……っ」

体格差に頼らずとも、十年以上かけて風見の愛撫に敏感に反応するように仕込んできた睦実の体が逆らえるわけがない。本気じゃないのがまるわかりの、ささやかな抵抗のそぶりにも煽られるだけだ。

（……たしかに、俺には悪魔がお似合いかもな）

気が強くてがさつなわりに繊細で強がりな恋人は、どこまでも風見の好みにぴったりで誰にも譲れない唯一無二だ。手間をかけ、時間をかけ、根回しを万全にして完全収穫したくらいには惚れこんでいるが、惚れられたほうは大変だろうなと他人事のように思う。

うっかり可愛がりすぎて泣かせてしまうし、快楽にとけて素直になる姿もまた絶品でまったく手加減してやれないから。

ハロウィン当日、黒猫姿に魅了された風見が睦実に「猫語でおねだり」なんていう羞恥プレイをやらせたくなったとしても仕方がないだろう。

【ダメ博士とそばかすくん（博士こと慧士と実里）】

天文物理学研究室の研究生に頼まれた論文の査読をしている千堂の鼻先を、ふわりとコーヒーの香りがよぎった。

目を瞬いて顔を上げると、マグカップを手にした恋人の実里がそばかすの星空をきらめかせてにっこりする。

「そろそろ休憩しません？」

「ああ……、おかえり実里くん。いつの間にバイトから帰ってきてたんだ？」

「ただいまです。十分ほど前ですかね～」

集中しすぎて世界をシャットアウトしてしまう千堂に怒ったり呆れたりすることなく、実際家の恋人は軽やかに対処してくれる。見た目も中身も魅力があふれて留まるところを知らない、千堂にとって特別で大切なひとだ。

小柄で軽量なのに恋人の超引力はたいへんなもので、気づけば千堂はいつも実里に引き寄せられてしまう。ソファの隣に座った彼をすっぽり抱きこむと、慣れている実里は文句ひとつ言わずにもぞもぞ動いて、しっくり落ち着くポジションを自分で見つけだしてスマホを取り出した。

「今日、バイト中に『麦』に来た常連のちびっこたちがめちゃくちゃ可愛かったんですよ。写真撮らせてもらったんですけど、見ます？」

「ふむ……、子どもに特に興味はないが、きみが写真を撮るほど気に入ったものには興味がある。見せてくれ」

「普通に『うん』って言うだけでいいのに」

笑った恋人が「これです」と画像を見せてくれる。

言葉どおり、幼児がふたり並んでいた。女の子は少し恥ずかしそうに、男の子は自信満々でポーズをとって。たしかに可愛いのかもしれないが、千堂としては特に興味を惹かれるものではなかった
――服装以外は。

「魔女と骸骨か。凝った衣装だが、彼らはなぜこんな格好を？」

「あはは、やっぱり博士、今日がハロウィンだって気づいてなかったんだ。つうか博士、日本で海外の宗教行事のハロウィンやるの変だと思うタイプでしょ？」

「いや、あれはバレンタインデーと同じく経済効果を狙ったイベント誘致なのが明らかだから……」

軽くふられた雑談という認識もなく自分なりの考えを述べると、ふむふむと聞いていた経済学部の実里からもしっかりした意見が返ってきた。恋人は冗談好きでありながら真面目な議論も得意で、彼と話すのはいつだっておもしろくて楽しい。

「ところで博士、俺たちも仮装してみません？」

「何故？」

議論が一段落した折に出された提案が本当に不思議で首をかしげると、恋人がにんまりとそばかすに南十字星が見える素敵な笑顔を見せた。

「俺、博士に着てほしい衣装があるんですよ。これなんですけど」

彼が紙袋から取り出したのは黒い衣装、マント付きだ。どこで入手したのか謎だけれど、ハロウィンという日も加味して何をイメージしているのかはわかる。

「吸血鬼か」

「はい！　博士、せっかく超美形に生まれたんだから、その顔はこういうときに活かさないと」

「べつに活かさなくてもいいが、実里くんが見たいのなら着るのはかまわない。……しかし、ひとりで仮装というのもな。実里くんの仮装も見たい」

「了解です。じゃあ俺も着替えてきますんで」

交換条件をＯＫした実里が上機嫌にハミングしながら部屋を出てゆく。そんなに楽しみにしているのなら、見るからに面倒な衣装だけれどちゃんと着て披露するしかない。

よくわからない飾りはあきらめつつ着替えを終えて待っていたら、「じゃじゃーん」と恋人がリビングに戻ってきた。

いつもと同じところも、違うところも、すべて愛らしくて愛おしい。うっとり眺めてしまう。

「さすがは実里くんだな。大きなリボンもよく似合っている」

「あざす」

特殊な省略形で短く礼を告げながらも、そばかすの星空をふわりとピンクのオーロラに染めている恋人の魅力は宇宙と同じくらい果てしない。いや、宇宙には端があって膨張しているという説もあるし、複数の宇宙があるという説もあるが……と脱線しかけた思考を、目の前の恋人のビジュアルが引き留めた。

ものすごく魅力的だけれど、ハロウィンとのつながりが謎なのである。

「何の仮装なんだ？　リボンと小物以外は『麦』の制服のような気がするが……？」

「花小蒔(はなこまき)先生が俺のキャラララフのときに着せてくれた『魔女の宅〇便』風コスプレです。ほら、箒(ほうき)にちゃんと『アトリエ　麦』ってタグがついてるんですよ～」

「……そういうメタな発言は許されるのか？」

「今回は特別ってことで」

ウインクする実里は魔法を使えるはずもないのに、めったに乱れない千堂の鼓動をきゅっと不規則に乱し、幸せな気持ちにさせる。超引力が発生する。

吸い寄せられるように抱きしめようとしたら、「ストップ！」とスマホをかまえて止められた。

「……実里くん？」

「ちょっとだけそのままで！　は～、想像以上の出来です。マジ博士そういう格好似合いますね……！　さすがスタイル抜群の美形、エフェクトなしでキラキラしてる～！」

うれしそうに恋人は千堂を中心に円を描きながら連写し始めた。惑星のようで可愛いけれど、惑星だと抱きしめられない。あんなに強い引力を放っているのに。

むう、と不満が表情に出たのに、「おお、いいですね！　不機嫌な感じがすごい吸血鬼感あります！　美形はどんな顔しても絵になるな～！」と逆に喜ばれてしまった。愛しい彼の感性はときどきよくわからないが、自分も特殊だという自覚はある。

違うふたりが一緒にいることを幸せだと思えるのは、宇宙に生命が生まれたことと同じくらいの幸運と奇跡の巡りあわせなのかもしれない。

撮影中の実里が「あれっ」と声をあげた。

「博士、アクセサリーはつけてないんですね。タイ・チェーンとか、ラペルピンとかもあったでしょう」

「つけ方がわからん」

「じゃあ俺がやってあげます。そんで、もう一回撮らせてください」

「まだ撮るのか……」

嘆息すると、「あと何枚かだけ。お願いします」とラペルピンなるものをつけてくれながら背伸びして頬……というか身長差であごにキスされる。……仕方がない。

「わかった。代わりに、私もきみの写真がほしい」

「いいですよ。一緒に撮ります？」

「うむ」

Munemasa
Rio
Keiki
Minori
Haruhisa
Yukiho

Tomo
Yoshikuni
Lino
Leo

一緒に写真を撮り、データをもらったことで、千堂は恋人が自分の写真を撮りたがる理由をなんとなく理解できるようになった。離れているときにいつでも恋人の姿を見られるというのは、いいものだ。

コスプレ写真を千堂が大学の研究室のパソコンの壁紙にしているのを知った実里が真っ赤になって「違うのにしましょうよ！」と言い出すまで、あと数日。

【たべごろ誘惑ハニー（彰芳と百瀬、ウサえもん）】

ハロウィンの数日前の夜、日高家では百瀬がスマートフォンで写真を撮る音が響いていた。

被写体は日高家のもふもふ大臣こと、モノトーンのダッチうさぎのウサえもんだ。

可愛く写真に収まるタイプのもふじゃないウサえもんは、ハロウィンかぼちゃのジャック・オー・ランタンのかぶりものをさせられて暗黒のオーラを放っている。

「さっすがウサえもん！　可愛い格好させてもクールな眼差しがめちゃくちゃ格好いい！」

「……すごく嫌そうだぞ？」

さすがに気の毒になった彰芳が口を挟むと、ふんす、とウサえもんが明らかに同意の鼻息を吐いた。

「ごめんごめん、あと何枚か撮ったら終わりにするから！　ハロウィンスタイルのウサえもんを寄越せって莉子ちゃんから注文がきてるんだよね～」

褒めまくってウサえもんの機嫌をとりつつ、魔王っぽいマントを着せたバージョン、魔法使いの帽子をかぶせたバージョンまで撮影する百瀬は、着替えさせるのも撮るのも慣れたもので、ネットで稼ぐヨメの思わぬ才能を見た気分だ。

無事に撮影会を終えた百瀬は、モデルのウサえもんにねぎらいのかぼちゃチップスをお供えしてから友人兼ビジネスパートナーの莉子に選抜した写真を送信した。すぐに受領と感想を伝えるメッセージが届く。

「よかったねえウサえもん、莉子ちゃんも可愛さと格好よさのバランスが乱れているところが素晴らしいって」

「……それは褒められてるのか」

「たぶん。今度ウサえもんにボーナスくれるって言ってるし」

よくわからないが、人気が出て売れるネタになると判断したということだろう。

しばらくして、再び百瀬のスマホにメッセージが届いた。

「あっ、理緒くんからだ」

ぱっと顔を輝かせた百瀬が口にした名前は、彰芳の友人である八束の配偶者だ。

「モモ、いつの間に連絡先交換したんだ？」

「このまえカフェに来てくれたとき。理緒くんも旦那様のごはんやおやつ作り頑張ってるから、よさそうなレシピがあったら教え合ってるんだ〜」

まさかの「主夫友」。さすがは誰とでもすぐ仲よくなるヨメである。

「わ〜、見て見て彰芳さん！　八束さんち、みんなで仮装してるよ！　可愛い〜！」

「どれどれ」

はしゃいだ声をあげる百瀬をすっぽり抱きこんで彰芳も画面をのぞきこんだ。直後、ぶはっと噴いてしまった。

「家族サービスしてるなあ」

ぱっと見は反社会的な組織に所属していそうな、男前ながらも強面でガタイのいい八束が家族に交じって吸血鬼のコスプレをしている。顔の傷の感じからしてフランケンシュタインの怪物もミックスされているようだ。

八束が引き取った可愛らしい三兄弟——長男の理緒はふわふわの耳としっぽを備えた黒猫、年の離れた弟妹のうち小学生の留奈はとんがり帽子にフリルの黒いワンピースとステッキまで愛らしい魔女っこ、幼稚園児の礼央はお洒落(しゃれ)な骸骨ファッション。

噴き出してしまったけれど、この中に交じっても違和感がない八束のコスプレの完成度はなかなかすごい。どうせやるなら中途半端じゃなく本気でやったほうが格好いい、という証明のようだ。

感心していたら、腕の中のヨメが瞳をキラキラさせて見上げてきた。

「彰芳さんもしようよ、家族サービス！」

「……仮装しろって？」

「お願いします！」

ストレートに力いっぱい頼んでくる百瀬に笑ってしまう。

「いいけど、モモもしろよ？」

「あったりまえじゃん！」

言い出しっぺだけあってノリノリだ。「何がいいかな〜」と歌うように呟きながら、さっそくハロウィンにふさわしい仮装の検索を始めた。

「彰芳さん、おれに着てほしいやつある？」

ずらりと並んだ画像を見せながらの質問は、彰芳の好きな格好をしてくれるということだ。本当に百瀬は俺のことばっかりだな……と頬をゆるめながらどれがいいかチェックする。

「そうだなあ、モモはなに着ても似合いそうだが……」

「わ〜っ、もう、急に褒めるのやめてよー……！」

自分からアタックするのは平気なくせに、彰芳から褒められるといまだに赤くなって照れるのが可愛い。やわらかな髪をくしゃくしゃと撫でて答えた。

「強いていうなら悪魔だな」

「悪魔……？　え、おれ、鬼嫁っぽい!?」

「鬼と悪魔は別物だろ」

ショックを受けているヨメに苦笑混じりでツッコミを入れて、言い直す。

「悪魔っていうか小悪魔だ。おまえ、やたらと可愛いからなあ」

「！」

みるみるうちに茹で上がった百瀬が、ばふっと胸に顔をうずめてきた。照れくささが限界突破したときの癖で、彰芳の胸に頭をぐりぐりしながらなにやら意味不明なうめき声を発している。そういうとこも本当に可愛いな、と目を細めて頭を撫でてやっていたら、視線を感じた。

目をやると、ふすーっ、と鼻から息を吐くウサえもん。「勝手にやってろ」と表情で雄弁に語られたから、にやりと笑って勝手にやっておくことにする。

ハロウィン当日、百瀬は赤い角、小さな羽、先端が逆さのハート型になったしっぽが付いた、へそ出しショートパンツスタイルの小悪魔コスチュームを見事に着こなして彰芳に写真禁止令を出された。

「えーっ、莉子ちゃんと理緒くんにコスプレ写真送るって言っちゃったのに〜」

「……モモ、おまえは自分の破壊力を正しく理解してない。写真を撮るならせめてもう少し体の線と腹と脚が出ない服にしてくれ」

「……似合ってない？」

しょんぼり顔で聞いてくる百瀬はつくづくわかっていない。似合いすぎているからまずいということを。

しっかり説明してやったら、愛しの小悪魔は逆に喜んでしまった。そして、調子に乗ってくる。

「彰芳さんも早くコスプレしてきて？　おれのリクエスト、聞いてくれたんだよね？」

「ああ。『狼男になって襲ってほしい』って言ってたな」

「うん！」

満面の笑みで頷く百瀬に嘆息しつつ、彰芳も着替える。どうせやるなら本気でやったほうがいいという実例を見たから、建築士としての伝手（つて）を利用してもふもふの手触りもデザインも一級品の狼の耳としっぽを入手しておいた。

約十分後、ウサえもんはぴるっと鬱陶（うっとう）しげに耳を振って寝床で大あくびをした。

ケージに毛布をかけられる直前に目にしたのは、理想的な狼男に変身した旦那様にうっとりしていた百瀬が、小悪魔スタイルのヨメにひそかに煽られていた彰芳に抱えられて真っ赤な顔であわあわしている姿だった。

【しあわせ片恋暮らし（カイルと倫、アオ）】

十月末のある日、永江（ながえ）家のもふもふプリンセスこと金茶色のトラ模様の愛猫・アオのごはんを準備していたら、最愛の恋人である倫（りん）がじっとカイルの手許（てもと）を見つめて聞いてきた。

「ねえカイル、ハロウィンってそろそろだっけ？」

「うん。明後日だね。どうして？」

「それ。缶にハロウィンっぽいイラストが描いてあるから」

「え、本当？」

ろくに見ていなかったカイルが猫缶を確認すると、たしかにいつものパッケージに魔女やミイラ男の格好をしている猫キャラが追加されていた。ふふ、と笑みがこぼれる。

「可愛いけど味は一緒だし、アオにハロウィンは関係ないのにねえ」

にゃっ、と足許でアオが声をあげた。同意というより、「なにもたもたしてるにゃ！」とごはんをおあずけされていることに抗議しているトーンだ。苛立った様子でしっぽをたしたしと床に打ち付けている。

「ごめんごめん。はい、どうぞ」

アオ好みに高く盛りつけたごはんを目の前に置くと、ふりん、と優雅にしっぽをひと振りしてからちゃむちゃむと食べ始めた。プリンセスは食事を待たされるのは嫌いだけれど、食べ方自体はわりとのんびりしている。ひとりっこだからだろうか。

愛猫が優雅に食事している姿を眺めつつ、カイルは倫に提案してみた。

「関係なくても、せっかくだから当日はちょっとごちそうにしてあげようか」

「そうだね。お刺身とか付けてあげちゃう？」

「にゃ！」

食事に夢中だったはずのアオがわざわざ顔を上げて会話に入ってきた。

「プリンセスが『苦しゅうない』って」

「ありがたき幸せ」

「にゃふん」

偉そうな返事は完璧(かんぺき)に会話が成り立っている。さすがは我らがもふもふプリンセス、可愛いうえに大天才だ……と親バカ丸出しになりつつ、恋人と目を見合わせて笑った。

「ハロウィンのトリート(ごちそう)したら、トリック(いたずら)されないといいねえ」

「プリンセスはプリンセスだからねえ。ところで倫、どうせなら僕らも楽しみたいと思わない？」

「うん？　何か食べたいものがあるの？」

「倫」

心からの返事を即答すると、ふわりと恋人の頬が染まった。

「……僕は食べ物じゃありません」

「え～、世界一美味(おい)しいのに。大好物をトリートしてもらえないなら、僕は倫にいたずらするしかなくなっちゃうなあ」

「……それって、結局同じじゃない？」

「ちょっと違うよ。どう違うか知りたい？」

さらつやの黒髪に指を差し込みながらにっこりしたら、甘く染まっている恋人の頬がますます美味しそうになった。

引き寄せてふっくらとした唇に唇を重ねようとした――のを邪魔するようにスマートフォンがメッセージの着信音を響かせた。

思わず顔をしかめたものの、恋人の唇を一瞬だけ軽く奪ってからすっぽりと腕の中に閉じ込め、その状態のままカイルはスマホを確認する。

「むーくんだ」

「え、カイルに直接連絡してくるなんて珍しいね」

「うん。どうしたんだろ」

近所に住む幼なじみの睦実は、倫に連絡するとカイルにも届くからと普段はもっぱら倫に連絡してくる。ダイレクトに送ってくるのは誕生祝いのメッセージくらいだから戸惑ったものの、内容を読んだら納得した。

「むーくん、ハロウィンの仮装用の衣装がほしいんだって。よさそうなメーカーがあったら教えてほしいって」

「ああ……、カイル、商社に勤めてるから国内外のメーカーに詳しいもんね」

もちろん得手・不得手ジャンルはあるものの、日本製のコスプレグッズは海外でも人気だし、社内外の人脈もあるから本人に代わって手配してあげることも可能だ。睦実の人選は正しい。

黒猫のコスプレ衣装は丸投げなのに、悪魔の衣装には「貴族っぽい感じ」「モノクルとかある?」

とやけに具体的な注文をつけてくる睦実の謎のこだわりに首をかしげつつもやりとりを終えたカイルは、ついでに自分たちの衣装も手配することにした。

「倫はどういうのが着たい？」

「ええ……、急に言われても特に思いつかないなあ。僕、ハロウィンがいつっていうのもよくわかってなかったくらい無関係に生きてきたし」

「じゃあ、僕の好みで選んでいい？」

「いいけど……、恥ずかしいのは、いやだよ？」

体格差のせいで膝に抱いていても自然に上目遣いになってそんなことを言う倫は、あまりにも可愛い。うっかり色っぽい衣装を選びたくなったものの、自分の欲より恋人の願いが優先だ。二度とハロウィンを楽しんでくれなくなるような危険は冒せない。

ということで、カイルは健全な衣装を提案した。妥協案ではなく、前々から興味があったものだ。

「妖狐ってどう？」

ぱちくり、と倫が目を瞬かせる。

「ハロウィンなのに和風？」

「うん。前に日本のハロウィンの動画で見かけて、格好いいなって思ったんだよね」

スマホで動画を探すとすぐに出てきた。ショッピングモールらしき道をしずしずと進むのは、狐のお面を着けた嫁入り行列だ。

「うわあ、すごいね……！」

「ね。倫は普段から和服だし、狐の耳としっぽ、お面があったらできるでしょ？　仮装用の小物の手配は僕に任せてくれればいいし」

「やる気満々だね」

笑う倫の黒髪にキスを落としてにっこりする。

「だって倫、絶対もふもふの耳としっぽが似合うもの。ふたりでおそろいにして、狐の結婚式っていうのも楽しそうじゃない？」

「楽しそう……かも」

照れくさそうにしながらも結婚式に同意してくれた恋人に笑みがこぼれた。

「写真も撮ろうね」

「……ん。アオも一緒にね」

「もちろん。結婚式だし、アオは神主（かんぬし）さんの格好がいいかな」

「んにゃ！」

楽しい予定の相談を始めた矢先、もふもふプリンセスから不機嫌な声があがった。タイムリーすぎる声にふたりして笑ってしまう。

「『神主の格好なんてしたくないにゃ』、だって」

アオの気持ちを代弁する倫の口調に、カイルは一瞬固まった。

「……やっぱり、猫もいいね」

「ええ？　なに、急に」

「倫の語尾が『にゃ』になっているの、めちゃくちゃ可愛かった。ねえ、もし狐だったら語尾はどうなるの？」

「き、狐の語尾……？　コン？　かな……」

「コン？　初めて聞くけど、どんなふうになるのかしゃべってみて」

倫ならどんなしゃべり方をしていても可愛いだろうと確信しながらも迫ってみたら、カイルの勢いにおろおろしながらも恋人はリクエストに応えてくれた。

「え、ええと……、ハロウィン、楽しみになってきたコン……？」

「そっちも可愛いねえ。迷ってるから、猫と狐でもっと話してくれる？」

「な、なんか恥ずかしくなってきたにゃ……」

赤くなった顔をカイルの胸にうずめて隠しながらも、ちゃんと今度は猫になってくれる恋人は最高に可愛くて愛おしい。

めろめろになったカイルが倫にキスの雨を降らせているのを、「この下僕たちは……」といわんばかりの瞳でもふもふプリンセスが眺めていた。

【幼なじみ甘やかしロジック（壮平と一弥）】

ハロウィン当日、仕事帰りに少し回り道をした壮平(そうへい)は手土産(てみやげ)を片手にマンションのドアを開けた。

「ただいま〜」

「あ、おかえり壮ちゃん」

ちょうど恋人も帰宅したばかりのようで、洗面所からひょこりと顔をのぞかせる。

数カ月前まで住んでいたアパートでも隣同士だったし、お互いの部屋を遠慮なく行き来していたけれど、同じ鍵で帰れる場所で恋人が出迎えてくれるのは格別だ。もちろん、自分が「おかえり」を言うときも同じくらい幸せを感じる。

「俺も手ぇ洗ってうがいしてくるから、これ、冷蔵庫に入れといてくれる？」

ネクタイをゆるめながら手土産の箱を差し出すと、受け取った一弥(いちや)が眼鏡(めがね)の奥の瞳を丸くした。

「ケーキ？　今日、なんかあったっけ」

「ハロウィン」

「……って、何する日？」

「なんだろね。西洋のお盆みたいなもんだけど、日本だとただの商業イベント兼コスプレの日って感じかな。でもせっかくだからハロウィン仕様のデザート買ってきたんだ。いろいろ可愛くなってたよ」

「見ていい？」

「もちろん」

いそいそとケーキ屋さんの箱を開けた一弥が「うわあ……！」と歓声をあげる。

「凝ってるね～。これ、かぼちゃのプリン？」

「そ。魔女のは紫芋のプリンだって。黒猫のチョコがのってるのがマロンムース、赤いやつはバンパイアの林檎ムース」

「ぷるぷる系ばっかりだ……！」

「いっちゃん好きでしょ」

「うん！　ありがと壮ちゃん」

「どういたしまして。お礼は体で返してくれたらいいよ」

冗談半分、本気半分でウインクしたら、一瞬固まった一弥が顔を赤くして「うん、頑張るね……！」と素直にもほどがある返事をくれた。可愛すぎるし、楽しみすぎる。

頑張ってもらうためにもしっかりカロリーを摂取してもらおうと夕飯のリクエストを聞いたら、少し考える様子を見せた恋人からぼんやりした返事がきた。

「ハロウィンだし、かぼちゃ……？」

「オッケー。ちょうど昨日買ったやつがあるし、シチュー、グラタン、煮物、天ぷらだったらどれがいい？」

「グラタン」

即答がきた。さっそく調理にかかると一弥が自主的に手伝いにやってくる。いつものようにクリップで前髪を留めてあげて、自分だけが見られる美貌に目を細めた壮平は、恋人と一緒にかぼちゃのグラタンとサラダ、バゲットでガーリックトーストを作った。

出来たて熱々のグラタンに息を吹きかけて冷ましてから口に入れた一弥が、「ん～」と満足げに目を閉じる。

「うまい？」

「最高。壮ちゃん、ほんとなんでも作れるよねえ」

「いっちゃんの胃袋を掌握するために努力したからね」

「ほんと、掌握されてます。でも僕も負けないからね？　これからレパートリー増やすもん」

「よろしく。師匠は俺がやるし」

にっこりして「ほかの人から習わないように」と釘を刺すと、「壮ちゃんに習ったらサプライズにならないのに～」と苦笑される。でも受容のトーンだ。

「そういえば、ハロウィンってなんでかぼちゃのイメージがあるんだろ」

「ジャック・オー・ランタンのせいじゃない？」

「あの、かぼちゃに顔があるやつ？」

「そう。でもあれ、元ネタのお祭りでは蕪の一種で作ってたらしいね。アメリカに移住した人たちがハロウィンをやるときにかぼちゃの収穫期だったのと、蕪より彫りやすかったからっていう説があるらしいよ」

「壮ちゃん詳しいね……！　ハロウィンマスターだ」

感心する一弥におかしな称号をもらって笑ってしまう。

「いやいや、俺も最近知ったばかりだよ。書店さんのハロウィンホラーフェアを手伝ってたときに、配っているリーフレットに載ってたんだよね」

「ハロウィンホラーフェアって……そういえば、ちょっと仮装して手伝うって言ってたやつ？」

「うん」

「何の仮装したの？」

眼鏡の奥の瞳をキラキラさせて聞いてきた。こういうイベントごとに興味がなさそうな恋人だけに意外で戸惑うものの、隠すことでもないから正直に答える。

「狼男と吸血鬼」

「ふたつもやったの……!?」

「や、ミックス。いつものスーツ姿に狼の耳としっぽを着けるだけだとインパクトが足りないからって、吸血鬼のマントを羽織(はお)らされたんだよね」

「なにそれ壮ちゃん絶対似合うやつじゃん……！」

どうやら一弥はイベントそのものじゃなくて、壮平のコスプレに興味があったらしい。くすりと笑って水を向けてみる。

「フェアは今日で終わったから衣装もらって帰ってきたけど、着てるとこ見たい？」

「うん！」

「じゃあさ、いっちゃんも一緒に仮装しようよ」

「僕も……？　でも、仮装用の服とか持ってないけど……」

「大丈夫。服じゃないけど、いいのがあるよ」

にっこりして壮平が取り出したのは、包帯だ。必要最小限の救急セットしか持っていない一弥と違って、趣味でフットサルをしている壮平は一式そろえているのである。

「包帯ってことは、ミイラ男？」

「ご名答。てことで、いっちゃん脱いで？」

「え、ぬ、脱ぐの……!?」

「ミイラ男ですから」

すまし顔で返すと、逡巡（しゅんじゅん）したものの「たしかに、ミイラって下に服を着ないでぐるぐる巻きだもんね……」と一弥はボタンをはずしだした。素直かつ真面目。最高に可愛くて愛おしい。

わくわくしながら恋人が裸になるのを待っていたら、気づいた一弥に背中を向けられた。

「そ、壮ちゃんも着替えてきてよ。その間に僕もミイラ男になっとくから……！」

「えー、俺が巻いてあげたい」

「なんで？」

「そっちのが楽しいじゃん」

「……よくわかんないけど、壮ちゃんがしたいんなら任せるよ。でも、壮ちゃんも仮装してくれないと僕が付き合う意味がないんだけど……」

「わかった。準備するからいっちゃんは脱いでて」

頷いた一弥がもたもたとシャツを脱いでいる間に、紙袋に入れて持ち帰ったケモ耳カチューシャとベルトに着けるしっぽ、マントをばさりと羽織って速攻で壮平はバンパイア狼男に変身した。

「どう？」

「最高……！　壮ちゃんめちゃくちゃ似合ってる！」

「さんきゅ。じゃ、さっそくいっちゃんも」

「え、えっ、ひゃ……っ」

眼鏡の奥の瞳をキラキラさせている一弥を捕獲して、手際よく上半身を剝く。ベルトに手を伸ばしたら、慌てた様子で一弥が壮平の手を上から押さえた。

「し、下は……っ、脱ぎませんので……っ」

「えー、なんで？　全身ぐるぐる巻きがミイラ男じゃないの？」

「包帯が……っ、不足すると思われます……っ」

敬語しゃべりになっている一弥のテンパり具合が可愛いけれど、恋人を怖がらせるのは壮平にとってアウトだからこれ以上からかうのはやめておく。素直にベルトから手を離して、にこりと包帯を手に取った。

「たしかにね。じゃあ上だけ巻いてあげる」

「よ、よろしく……」

壮平の下心も知らずに頼んでしまう一弥が愛おしくてたまらない。「お任せあれ」と引き受けて、さっそくなめらかな白い肌に包帯を巻いていった。

（は～、素肌に包帯のみって想像以上にエロいな……）

普段陽に当たらないせいでしみひとつない白い肌に、真っ白な包帯のみを纏わされてゆく一弥。少し恥ずかしそうにうつむいているのも、さわってもいないのに胸の突起がすでにつんととがっているのもたまらない。

無意識に舌なめずりをするように唇を舐めて、壮平は可愛いピンク色の突起をかすめるようにして胸にも包帯を巻く。

「ん……っ」

びく、と感じやすい恋人が体を震わせたのは、包帯を巻くふりで壮平がそこに軽く爪を引っかけたからだ。

「そ、壮ちゃん……？」

「ん？」

どうかしたの、と無邪気な声のトーンと表情で首をかしげると、少し目を泳がせた一弥が「なんでもない……」と長いまつげを伏せる。

(あ〜〜〜〜、ほんっと可愛いいっちゃん最高……!)

心の中で天を仰いで感動しながらも、涼しい顔で壮平はさらに悪戯(いたずら)を繰り返す。恋人の息が乱れて、肌がうっすら汗ばんでくるまで。

「……ちょっと、あの、壮ちゃん、なんか僕……っ」

「勃(た)っちゃった?」

体を逃がそうとする一弥をすっぽり抱きこんで、服の上から反応しているところを手のひらで包みこむと腕の中で肩を大きく跳ねさせた。

「や……っ、ごめ……っ」

「なんで謝るの? 俺も一緒なのに」

ごり、と双丘の間に腰を押しつけると、眼鏡の奥で一弥が大きく目を瞬かせる。

「な、なんで……? 壮ちゃん、包帯巻いてただけなのに……」

「半裸のいっちゃんが目の前にいるのに、勃たないわけがないでしょ」

戸惑いながらも自分だけじゃなかった……とほっとしている恋人に胸がきゅんとなるのを覚えつつ、包帯の端と端を首元でリボン結びにしてミイラ男を仕上げた。

「は〜、いっちゃん可愛い……プレゼントみたい。食べていい?」

「ええ……？　僕はお菓子じゃないよ」

「俺にとってはなによりも美味しいから大丈夫」

心から返して甘く染まった耳を食（は）むと、きゅっと身を縮めた一弥が壮平にしがみついてくる。感じやすくて本当に可愛い……と耳から首、唇へとキスを移して、とろけた恋人の額（ひたい）に額をくっつけた壮平はハロウィンお決まりのセリフでこのあとの希望を聞いてみる。

「トリックオアトリート。いっちゃん、何かしてほしい悪戯ある？」

「し、してほしい悪戯……!?」

「なかったら勝手におもてなすね～」

「えっ、わ、ひゃ……っ」

目を丸くしている一弥から眼鏡を取り上げ、返事を待たずにキスをする。

包帯には柔軟性があるおかげでいろいろ楽しい、というのを壮平が発見したのと、ベッドタイムにおける恋人のトリック（いたずら）とトリート（おもてなし）が限りなく近いニュアンスなのを一弥が知ったのは、この夜のことだった。

【こじらせ相愛トラップ（崇将と美春）】

ハロウィンにはまったく興味がない崇将だけれど、商業イベントとして利用価値があるのは理解しているし、セレクトショップの店長をしている恋人が楽しそうにしているのを見るのは好きだ。

「今年のハロウィンも『cla』で仮装っぽいのやるんですか」

「うん。崇将もおいでよ」

鼻歌混じりで店内ディスプレイ用の飾りを組み立てている美春に誘われるけれど、人混みは苦手だ。

「閉店するころに行きます。後片付けの手伝いをしに」

「ありがと〜。って、崇将、本当にハロウィンに興味ないよねえ。いろいろ似合いそうなのに」

苦笑されるけれど、服に興味がない崇将にとって、いわんや仮装をや、である。もちろんなんでも似合う恋人がいつもと違う雰囲気でお洒落しているのを見るのは別だが。

『cla』のハロウィンは、がっつり仮装というより各自でテーマを決めて店内のアイテムで「それっぽい」格好をするのが定番だ。

去年の美春のテーマは「ドラキュラ伯爵」で、マントのような黒いロングコートの中に細身の三つ揃いスーツと白いシャツ、血を思わせる赤い薔薇のアクセサリーという退廃的で艶麗な姿で客を魅了して、着用したアイテムがあっという間に売り切れた。スタッフの佑季によると「ミーシャさんになら血を吸われてもいい！」「むしろ吸ってください！」とネットに投稿された写真を見かけた客が列を成してしまったので、吸血サービスの代わりに急遽献血車に来てもらったという冗談のようなおまけ話付きである。

「仮装は美春さんのを見るだけで満足です。今年のテーマは何にしたんですか」

ディスプレイ用の飾りの組み立てを手伝いながら聞いてみたら、ことりと恋人が首をかしげた。

「今年はいつもと違う感じになりそうなんだよね。オーナーが何か思いついたらしくって」

『ｃｌａ』のオーナーは世界的モデル兼デザイナー兼事業家のＳＩＮＯ(シノ)で、美春曰(いわ)く摑(つか)みどころがない人とのこと。これまでのハロウィンは各店舗に任せきりだったのに、今年は「新作をデザインしたから気に入ったら当日にみんなで着て」という連絡があったのだという。

みんなで、ということはユニフォームみたいなものなのだろうか……と思いながら迎えたハロウィン当日。

大学での研究を終えてバイクで閉店直後の『ｃｌａ』にやってきた崇将は、片付けのヘルパーとしてスタッフの佑季に店内に入れてもらうなり足を止めた。

（似合いすぎてヤバいな美春さん……！）

すらりとした細身の長身に纏っているのは、「道士」風の衣装だ。一切肌を見せていないのにストイックさが逆に妄想を煽るというか、身ごろのフィット感やサイドのスリットがひどく色っぽい。

「あ、崇将。いらっしゃい」

ぱあっと顔を輝かせて駆け寄ってくる美春は、一日中忙しく働いていたのだろうにキラキラしているのがすごい。亜麻色(あまいろ)の髪が少し乱れて、かすかに疲れが滲(にじ)んでいてもそれが逆に色気に繋(つな)がっているのだ。

思わず見とれていたら、横から佑季にツッコミを受けた。

「崇将さん、店長のことガン見しすぎ。つうか、俺たちが何着てたか覚えてます？」

「いえ、まったく」

「うわ、正直！　店長とリンクしてるコーデなのに〜」

リンク？　とちらりと目をやったら、チャイナテイストのセットアップ、帽子と小物付きだ。ついでに佑季の近くにはもうひとり、ワンレンボブのスタッフ——たしか槙野(まきの)という名前だ——が同じ格好をしている。

「……キョンシーですか？」

「当たり！　店長が道士で、俺たちがキョンシーっておもしろくない？」

「使役関係がわかりやすいですね」

「言い方〜！」

「そしてまた店長に視線が戻る……、ふっ、この俺をここまで完全にスルーするとは。まあ店長が相手なら仕方ありませんが」

「マキ、メンタル強いナルだよな〜」

「メンタルが弱いナルシストなんて面倒くささが複雑骨折してるでしょう」

「たしかに……って、それってどういう状態……？」

わいわい勝手にしゃべっている佑季と槙野はいつもこんな感じだ。崇将はさくっと興味を恋人に戻す。

「キョンシーはゾンビの亜種ですから仮装の狙いに適(かな)ってていますが、道士は術が使えるだけで『普通の人』なのにいいんですか？　めちゃくちゃ似合ってはいますが」

真剣に聞いたら美春に噴き出されてしまった。

「気になるなら俺もキョンシーの仲間ってことにしたらよくない？　たしか、キョンシーもゾンビとかバンパイアみたいな感じで仲間を増やせた気がするし」

「じゃあ俺がミーシャさんを噛んだってことで！」

ぱっと手を挙げた佑季は、以前うたたね中の美春の首筋にキスマークを残したことがあった。

無意識に崇将の眉間が寄ると、佑季が慌てて槙野の背中に避難して撤回した。

「やっぱいまのナシで！　崇将さんの圧がやばくなってる……！」

「……ああ、すみません。非常に不快だったことを思い出したので」

「うう、真顔で淡々と言われるのも逆に怖すぎる……。とりあえず、我々キョンシーは店長道士の忠実なる僕(しもべ)ですので、なんでも命じてください！」

「じゃあさっそく閉店作業するよ～。ハロウィンの飾りも片付けていってね」

「りょーかい……って、キョンシーだったら何て言ったらいいんだろ」

「中国語なら明白了(ミンパイラ)ですかね」

「そもそもキョンシーはしゃべらないのでは？」

崇将の指摘に佑季と槙野がはっとして、ぴょんぴょんキョンシーらしく跳ねながら掃除道具を取りに行った。理解不能なノリのよさだ。

崇将もさっそく高所のディスプレイを片付けるのを手伝っていたら、キョンシーはしゃべらないというのをまた忘れたらしい佑季が掃除機をかけながら素朴な疑問を呈した。

「キョンシーって、なんで腕伸ばしてジャンプで移動してんのかな」

「そのほうが可愛いから？」

「違うと思うよ」

本気か冗談かわからない槙野の発言に美春が苦笑する。ふむ、と少し考えて崇将は自分なりの見解を述べた。

「死後硬直の状態がなんらかの要因でキープされているんじゃないでしょうか。実際に筋肉が硬直していたら跳ねることすらできませんが、ポルターガイストのような念動力で自らを移動させているのだと仮定して、キョンシーの体、要するに物体の重さXに対して移動に必要な力を出すには……」

「た、崇将、ストップ！　計算で証明されても誰もついていけないって」

苦笑混じりで美春に止められた。佑季と槙野もこくこく頷いている。本格的に考察してみるのもおもしろそうだったけれど、そもそもキョンシーは一種の妖怪だ。理論的に構築されているとは限らないからやめておく。

店長道士・美春の指示のもと、おしゃべり好きだけれど有能なキョンシーたちと勤勉な崇将が一丸となって片付けたおかげで、あっという間に店内はハロウィンから通常モードに様変わりした。

「みんな、おつかれ～！　これは特別トリートね」

閉店作業を終えた美春がハロウィンデザインのお菓子を配る。残業代はちゃんと出るけれど、イベント後の片付けは普段より大変だからと用意しておいたものだ。

「やった、『卯月』の焼き菓子セット！」

「ここの、美味しいですよね」

喜ぶスタッフたちににっこりした美春が、崇将にもお菓子をくれる。受け取ろうとしたらこっそり耳打ちされた。

「崇将には、あとでもうひとつあるから」

「え」

「帰ってからのお楽しみね」

ウインクする美春から超引力のキラキラが放たれる。うっかり抱きしめてしまいそうになったけれどなんとか我慢して、戸締まりを確認してから美春とタンデムしてふたりで暮らしているマンションに帰った。

「それで、もうひとつというのは？」

帰宅するなり内心でわくわくしながら確認したら、「そんなに楽しみにしてもらえるなんて」とうれしそうに笑った美春が『ｃｌａ』のショップバッグを差し出した。

「……これは？」

「崇将のぶんのキョンシーセット」

美しいヘイゼルグリーンの瞳をキラキラさせて見上げてくる美春はなにやら期待に満ちた顔をしているけれど、正直、反応に困った。

聞けば、イベント後の片付けを手伝ってくれる崇将は臨時のアルバイト状態なのに、「迎えに来たついでに勝手にやってるだけなんで」と断固としてバイト代を受け取らないのを気にしていた美春はオーナーに相談したのだという。そうしたら、「現物支給にしちゃおうか」と今回のセットを用意してくれたらしい。

ちなみに『ｃｌａ』の商品だから質はいい。バイト代としてはフルタイム三日ぶんくらいに相当するに違いない。日常使いもできるようにパーツや飾りは取り外し可能になっているから、ファッショニスタなら楽しんで使いこなすことだろう。

が、崇将の期待していたような特別トリートじゃなかった。「ありがとうございます」と受け取ったものの、開けもせずにソファに置いて夕飯の支度にかかろうとしたら、くいと服の裾を恋人に引かれた。

「着てみないの？」

「はあ……、特に興味もないですし」

うっかり正直に答えた崇将は、恋人の表情に気づいて言い足す。

「でも、美春さんが見たいなら着ます」

「……見たい、です」

「わかりました」

素直な返事に無意識に唇をほころばせて即答した崇将は、さっそくキョンシーの衣装に着替えた。

オーナーとだいたい同じくらいの体形だと美春が伝えていたからか、測ってもいないのにぴったりだ。

「どうですか」

振り返るなり、ヘイゼルグリーンの瞳をキラキラさせた美春が口許を手で覆った。

「めちゃくちゃ似合ってる……！　写真撮っていい？」

「いいですけど、俺も美春さんの写真が欲しいです」

「オッケー、じゃあ一緒に」

道士姿の美春とくっついて、腕の長さを活かして崇将がスマホで写真を撮る。服のクオリティが高いからキョンシー映画のオフショットみたいになった。

「は～、普段絶対見られない崇将のキョンシー姿、レアで最高……。待ち受けにしよっと」

いそいそスマホを操作している恋人こそ、国籍も時代も不明な道士姿が最高だ。

表情は変わらないながらもレアな姿の美春に見とれていた崇将は、はたと自分ばかりがトリートをもらっていることに思い至った。恋人として、自分もちゃんと返さなくては。

「美春さん」

「ん？」

「キョンシーって、道士の言いなりになるんですよね。何してほしいですか？　トリックでもトリートでも、なんでも美春さんの言うとおりにします」

「……なんかそれ、トリックもトリートも俺のためになってるじゃん」

「美春さんのキョンシーですから」

真顔で返すと、ふふ、と笑った美春がぽすんと肩にくっついてきた。

「じゃあ、いろいろ命令しちゃおうかな」

「ぜひ」

普段遠慮がちな美春が望みを言ってくれるなら、こんな仮装をした甲斐もあったというものだ。

すぐに照れてしまう美春に「道士ならちゃんと命じてください」とたびたび促して、崇将は恋人と一緒にお風呂に入り、洗ってあげ、ベッドまで運んだ。

（命令っていうか、実質はおねだりだから最高だな……）

ぞくぞくしながらさらに自分だけの道士に言葉を求める。

どこをどうしてほしいかぜんぶ言わせていたら、綺麗なヘイゼルグリーンの瞳をとろとろにとかした美春がとうとう道士でいることを放棄した。

崇将の首を抱き寄せて、濡れた甘い声で耳元に訴える。

「崇将の、好きにして……？」

「わかりました」

にっこりして、崇将は恋人の白く細い首に愛情をこめて嚙みつく。

嘘か本当かは知らないが、キョンシーがゾンビと同じく嚙んで仲間を増やせるなら、遠慮はしない。

美しい体のあちこちに歯を立てるたびに甘く鳴く美春に煽られながら、崇将は恋人とお互いをトリートしあうハロウィンの夜を堪能した。

ハロウィン・マジック

「片恋ロマンティック」
「初恋ドラマティック」
「君恋ファンタスティック」
「蜜恋エゴイスティック」より

【片恋ロマンティック（琥藍と椎名）】

十月末、新作のデザインラフ画を描いている琥藍(くらん)の手許を横からのぞきこんだ恋人の椎名(しいな)が突然聞いてきた。

「琥藍ってさ、ハロウィンっぽいアイテムとかデザインしねーの？」

「興味がない。そもそもこの時期にデザイン画を描いていたら遅いだろう」

「あはは、琥藍らしい返事。たしかにね～、いまごろデザイン画持ってきてハロウィン当日に間に合わせろとか言われたら俺もキレるわ」

からりと笑ってそんなことを言う椎名は、デザイン画を基に服を立体化させるパタンナーだ。琥藍がデザインしているブランド『indigo(インディゴ)』のパターンを専属で任せているが、手が空いているときは彼の勤め先のアパレルメーカー『Sprince(スプリンセ)』のほかのラインのパターンも引き受けている。

急にハロウィンの話をふってきたのは、夏ごろに琥藍の同業者であるSINO(シノ)の依頼でメンズ用ハロウィン衣装のパターンを手掛けたのを思い出したかららしい。

「普段引かないタイプのパターンでけっこうおもしろかったから、琥藍ならどういうのデザインするかなーって興味が湧いたんだよね」

「……今年はもう遅いんだろう？　来年あたり、考えてみる」

「やった～、よろしく」

ハロウィンにはまったく興味がないのに、我ながら恋人に弱い。でも仕方がないのだ。椎名が喜んで抱きついてくるのは可愛いし、彼がうれしそうにしていると自分までなんだか気持ちが満たされてしまうから。

とりあえず、自分たちがハロウィンというイベントに関わるのは来年以降だな……と思っていたのだけれど。

「琥藍、織絵(おりえ)さんから荷物が届いたよ〜」

「……は」

ずっと疎遠(そえん)にしていて関わり合う気もなかった母親の織絵は、和解して以来何かと椎名経由で連絡をとってくるのだけれど——琥藍が相手だと過去の申し訳なさと「推し」に認識されるような恥ずかしさがあるらしい——、フランスからわざわざ荷物を送ってくるのは珍しい。

なんとなく警戒を覚えて眉根が寄ったものの、椎名は気にすることなく無駄にセンスよくカルトナージュされた箱を開ける。

リボンをほどいて薄紙を開くなり、感嘆の声をあげた。

「うわ、すっご……！　これ、ドラキュラの衣装だよな？　さっすが織絵さん、映画衣装の第一人者！　すっげえ格好いいデザイン……！」

さっそく取り出した椎名は、ゴシックと東洋の民族衣装をミックスさせたような凝ったデザインの服を興奮した様子で真剣に眺める。

「うあ～、ここのラインとか最高だな～！　琥藍、全体チェックしたいからちょっと着てみてくんない？」

「いいぞ」

コスプレに興味はないが、恋人がパタンナーの視点で確認したいことがあるなら返事にためらうことなどない。そもそも、モデルとしてランウェイを歩くときもたびたび前衛的でコスプレ衣装みたいなものを着ることがあるから抵抗感など皆無だ。

さっさと着替えて軽くポーズをとってやったら、「ふひゃあぁあ」と聞いたことがない声が椎名の口から飛び出した。困惑するが、恋人が目尻の上がった瞳をキラキラさせて頬を上気させているところからして感激のあまり漏れたようだ。

思わず笑みがこぼれると、「うっ」と顔を覆った椎名がまぶしいものでも見るかのように指の隙間からのぞいてくる。おもしろくて可愛い。

「似合いすぎだろ……。つうか、全然照れとかねえのな？」

「服を着るのが仕事だからな」

「そりゃそうか」

淡々と当たり前のことを返すと、納得顔になった椎名がやっと顔を覆っていた手をはずす。大きくため息をついて、「にしても似合うなー」と感心しながらスマートフォンで写真を撮り始めた。

「またあの人に送る気か」

「当たり前だろ。そのためにこの衣装送ってきたんだろうし」

織絵の期待を的確に察して応えてあげている椎名は、以前にも増して「義理の息子」として信頼され、可愛がられている。別に織絵に認められなくても琥藍としてはかまわないのだが、自分が彼女にしてやれないことを椎名がしてくれて、織絵も椎名も楽しそうにしているのを見ると胸の奥がなんとなくあたたかくなる。

(……本当に、椎名みたいなのはいないないな)

ふつふつと胸に湧いてくるこの想いが、「愛おしい」という感覚だということを琥藍はもう知っている。

そろそろ写真撮影を終えさせて、恋人の希望を叶えた代わりに今度はこっちの希望を叶えてもらおうと腕を伸ばしかけた琥藍は、さっき椎名が開けた箱にまだ衣装が残っていることに気づいた。

「あれも着たほうがいいのか？」

「あっ、ちょ、待て……っ」

すませるべきことはさっさとすませようと中身を出した琥藍は、焦っている椎名と衣装を見比べて軽く眉を上げた。

「俺のにしては小さいな。椎名用に見えるが、着てやらないのか？」

「……俺はモデルじゃないし、こういうゴージャスな衣装って着るのに心の準備がいるんだよ」

「そうか。だがそろそろ準備はできただろう？　着替えろ」

「は……!?」

驚いている椎名から服を剝ぎ取り、手早く衣装を着せる。椎名は身長は日本人の平均でもすらりとバランスのいいスタイルをしているうえ、目力のある美人だから豪華な衣装もよく似合った。

うっとりと紫水晶色の瞳を細めて眺めたあと、琥藍は恥ずかしがる椎名を抱えて彼のスマホで写真まで撮る。角度を変えて二、三枚あれば十分だろう。

撮り終わったら、腕の中で椎名がぐったりしていた。

「もー……、なんでそんな急に乗り気に……」

うらめしげな顔がやけに色っぽい恋人にそそられながら、くすりと笑って乗り気になった理由を明かす。

「気づいてないのか？　このドラキュラの衣装は対になっていて、ベースになっているのは十八世紀ごろのヨーロッパの婚礼衣装、刺繡や小物は東南アジアの婚礼用だ。要するに、番として永遠に一緒にいろっていうメッセージになっている」

「!!」

息を吞んだ椎名の頰がみるみるうちに染まる。綺麗で可愛くて、愛おしい。

胸からあふれる気持ちのままに頰を食んだら、「ちょっ、もう、琥藍……っ」と止める口調で名を呼びながらも椎名が笑って肩に腕を回してきた。

「織絵さんからの衣装、駄目にしたら怒るよ？」

「しない。脱げばいいだけだ」

唇を重ねつつ、椎名と自分の衣装を乱してゆく。凝った衣装は見た目はよくても脱ぐのが面倒なのが難点だな……と思いながら。

数時間後、ベッドで眠る椎名の髪を撫でながら、琥藍は新たな衣装のデザインを頭の中で練っていた。

来年のハロウィン用じゃない。それより大事な衣装だ。

織絵がデザインしたドラキュラ風の婚礼衣装もよく似合っていたけれど、椎名には自分がデザインした、ちゃんとした婚礼衣装を着せたい。

納得できるデザインができたらこっそり準備してプレゼントしよう、と楽しい企み(たくら)を心に抱いて、琥藍は眠る最愛のひとの額に誓うようにキスを落とした。

【初恋ドラマティック（ラファエルと流衣）】

ネットのおかげでいまはどこにいても会議をしたり取材を受けたりできる。が、やはり現場に行って確認したり、直接会って話したりという工程が必要な仕事もあるから、今日のラファエルは愛しい伴侶である流衣(るい)と離れ離れだ。

「ラファエル、いままで以上に仕事の鬼になりましたよね……」

力尽きたようにソファに背中をあずけて呟いたのは弟で、現在は副社長になったガブリエルだ。ついさっきまでラファエルに同行して各所を回り、会議に参加し、現場から上がってきていた問題の対処を共にしてていた。

帰り支度をしていたラファエルは意外さに眉を上げる。

「そうかな？　自分の感覚では以前よりだいぶ余裕をもって仕事ができているけど。現場の裁量に任せるようになったことで細かい確認が減ったし、私が苦手なパーティ関係はほとんどガブが引き受けてくれるようになったおかげでね」

「あー……言い直します。たまに出社されたときのお仕事ぶりが、以前より過密です」

「それは仕方ないよ。仕事が長引けばルイといられる時間が減ってしまう」

真顔で即答したら、なぜか遠い目をして「ソウデスネ」と棒読みで返された。

運命の最愛にまだ出会えていないガブリエルには離れているつらさがわからないのだろうから、多少の無礼は憐(あわ)れみをもって許してやる。

「ところで、もうすぐハロウィンですが衣装の用意は必要ですか」

「いや、いらないよ。ルイも私もハロウィンには特に興味がないから」

「ですよね。いや、友人に高品質な仮装用の衣装について相談を受けたので、ラファエルたちも必要ならついでに手配して差し上げようと思っただけです」

「……高品質な仮装用の衣装というのは、どのくらいのクオリティなのかな」

「おや、興味が湧きましたか」

意外そうに目を瞬いた弟に、にっこりとラファエルは笑みを返す。

ハロウィン自体には興味がないけれど、恋人に普段と違う格好をしてもらうのは楽しそうだ。品質がいいなら購入するのもやぶさかではない。

そうして迎えた十月三十一日。

賢く忠実な愛犬――アレクサンドルのふわふわもふもふの被毛をブラッシングしている恋人の天使のような愛らしさに見とれながら、ラファエルは切り出した。

「ルイ、今日が何の日か知っているかい？」

「今日ですか？」

きょと、と黒目がちの大きな瞳を丸くした流衣が、カレンダーを見て戸惑いの表情を浮かべた。

「え……、もしかしてラファエルもハロウィンを……？」

「うん。やりたいんだけど、協力してくれる？」

「いいですけど……。僕、何も用意してなくて……すみません」

おろおろする流衣にアレクサンドルが心配そうな顔をするけれど、何も問題はない。にっこりしてラファエルは予定を明かす。

「ルイが謝る必要も、何か用意する必要もないよ。私がしておいたから。日本的文化にのっとって、コスチュームプレイをしようと思うんだ」

「……コスチュームプレイって言い方だと、なんだかとてもあやしい感じがしますね」

「あやしい？　いいや、楽しいことをするんだよ」

くすりと笑って恋人に内緒で衣装を用意しておいたゲストルームへと移動する。ガブリエル経由で入手した高品質で多種多様なハロウィン衣装をクロゼットいっぱいに並べ、入りきらなかったぶんは箱のまま床に積んでおいた。

「さあ、どれを着たいか教えて」

「……ラファエル、またこんな無駄遣いを……」

「無駄じゃないよ。愛しいルイの可愛い姿が見られるのなら、これくらいそろえるのは当たり前だろう？　この中に着たいものがある？　なかったらもっと探してくるよ」

呆れ顔で嘆息する恋人ににこやかに反論したら、美しい目を見開いた流衣が「それって必ずコスプレをしないといけないということでは……？」と呟いた。ご名答だ。

コスプレ、もとい仮装用の衣装をネットカタログで選んでいるうちに、流衣ならどれも魅力的に着こなすだろうなと想像がふくらみ、実際に見てみたい気持ちが盛り上がってしまった。もちろん流衣が着たくないならば無理強いはしないけれど、着たくなる衣装を探す手間を惜しむつもりはない。

少しためらっていたものの、苦笑を漏らした恋人はことんとラファエルの胸に頭をもたれさせた。

「ラファエルには敵わないです。……あなたが僕に着せたいものを、選んでください」

全面委任は、お遊びに付き合うからラファエル好みにしてくれということだ。

「ルイ……！」

愛おしさに思わず小柄な体をぎゅっと抱きしめて喜びの口づけをしようとしたら、ゲストルームの外を見張っていたアレクサンドルがぴるっとふわふわの三角の耳を動かし、玄関のほうを向いて体を起こした。

「わふっ」

誰か来ました、というように愛犬がこっちを見た数十秒後、チャイムが鳴る。宅配便だった。

差出人はガブリエル、品名には「衣装」とある。

（ルイ用に選んだのはぜんぶ届いていたと思うけど……？）

首をかしげながら箱を開けたら、出てきたのは流衣が着るには大きすぎる衣装と、小さすぎる小物だった。——ハッピーハロウィン、ラファエルとアレクサンドルも楽しんで、と添え状にある。

ラファエルが流衣の衣装しかチェックしていなかったから、ガブリエルなりに気をきかせたつもりらしい。

「べつに私のぶんはなくてもよかったのに……」

「そんなことないです。僕だってラファエルのコスプレが見たいです」

恋人に訴えられたら、どんな衣装だろうが着る以外の選択肢はなくなる。

箱から衣装と小物を出して全体を見たラファエルは、ブルーアイズを不穏に細めた。

「ふうん……？」

ガブリエルから送られてきた衣装は、禍々しい角が付いていてやけに豪華――どう見ても魔王だった。アレクサンドル用の小物も悪魔の眷属か地獄の番犬かというイメージだ。

「ガブが私のことをどう思っているか、よーっくわかったよ」

スマートフォンで儀礼的なお礼に付け加えて送ると、即座に「悪い意味じゃないですよ!?」と返ってきた。どうだかねえ、と思うものの、まあそれなりに大変な思いをさせた覚えはある。甘んじて受け入れよう。

流衣がアレクサンドルに魔物のコスプレをさせている間に着替えて、頭に角も装着する。似合っているかどうかはわからないが、恋人のリクエストに応えるのだけが目的だから気にしない。

「ルイ、着替えたよ。アレクサンドルは終わった？」

「はい。見てください、アレクサンドル、すごく格好よくて……っ」

振り返った流衣が息を呑み、固まった。

ふんわり頬が紅潮して、ラファエルを見つめている瞳がキラキラしている。――この眼差しからして恋人の評価は上々、魔王になっても愛してくれるようだ。

「アレクサンドルが格好いいって？　私は？」

「言葉にできないくらい……素敵です……」

ため息混じりの声は情感がこもっていて、恋人がこんなに褒めてくれるなら魔王も悪くないなと笑みがこぼれる。ふっさふっさとしっぽを振っているアレクサンドルも主人と共通の意匠が使われているのがわかるのか、誇らしげにしている。

「今度はルイの番だね。そうだな……、まずはこれを着て見せて」

ラファエルが選んだのは魔王の同族――悪魔の衣装だ。といっても、魔王よりずっと布地が少なくて軽やかなデザインになっているし、流衣が着たら美しくて可愛い小悪魔になるのが目に見えている。

ほかにも妖精や黒猫などたくさんあるから、しばらくは日替わりで楽しむのもいいかもな……と金髪碧眼(へきがん)の魔王様が考えていることなど、素直に着替え始めた小さな小悪魔は気づく由(よし)もなかった。

【君恋ファンタスティック（遼成と景）】

フォトグラファーとして芸能人の写真を撮る機会も多い遼成(りょうせい)は、正直言ってハロウィンに興味がない。商業用の写真はコンセプトに合う演出を加えて虚構の世界を撮影するのが常だからだ。イベントはすべて撮影とリンクしていて、身近にあるけれども特別じゃない。むしろ、何気ない日常こそが遼成にとっては愛しいものだ。隣に恋人の景(けい)がいたら完璧。

そんな感覚だから、スタジオでクリスマス用の撮影を終えたあとに事務所で三角帽子をかぶった黒尽くめの魔女に出迎えられて目を瞬いた。

「かの子さん、楽しい格好してるけどどうしたの？」

「いやだわ遼成さんったら。今日はハロウィンじゃないですか」

「ああ……、そういえばそうだったね」

奥で笠原と打ち合わせ中だった希理が苦笑する。

「遼成さん、ハロウィンに興味ゼロって感じ。マジで何もしないの？」

「うん。ていうか、希理くんは何かするの？」

「同居人とコスプレ衣装交換するよ」

「へええ、翔吾くんと」

「……なに、意味深な言い方やめて」

「そんな言い方してないよ」

にこっと笑って返すものの、彼らが現在の形に落ち着くのに一枚嚙ませてもらった身としては感慨深い。仲よくやっているようでなによりだ。

「コスプレ交換って、クリスマスのプレゼント交換みたいですね」

興味深そうに会話に入ってきたのは景だ。

「でしょ？　相手に着てほしいものを着てもらえるから、えのちゃんも遼成さんにやってみたら？」

「えっ、わ、私はべつに、そんな……っ」

「ああ、ごめんごめん。えのちゃんと遼成さんってそういうんじゃなかったね。……ふふ、ちょっとからかっただけなのに、表情は変えずにほんのり赤くなっちゃうえのちゃんって可愛いよね～」

「希ー理ーくん」

俺の恋人で遊んだら怒るよ、のトーンで名前を呼ぶと、「ごめんって～」とあまり反省していない口調ながらも謝られた。まあ、シャイな恋人に自分たちの関係が事務所内ではとっくにバレていて、いまさら隠すこともないと徐々に理解してもらうのにちょうどいいから違成も本気で怒ってはいないけれど。

予定していた撮影が早めに終わったおかげで、定時きっかりに帰る恋人と一緒に『スタジオK』を出ることができた。

「景と一緒に帰るの、ひさしぶりだ。車で来てたらよかったかな」

「でも違成さん、散歩ついでにあちこち眺めたり、電車の乗客を観察するのが好きじゃないですか。俺のために車で通勤する必要はないですよ」

真顔でそんなことを言う恋人は、仕事面では有能なのに恋愛面ではちょっとにぶいのが可愛い。くすりと笑って耳元で囁いた。

「車だったら、景と早くふたりっきりになれるでしょ」

「……っ」

ぱっと色白の耳や目許が花のように染まるのは、いつ見ても綺麗で胸にくる。人目も気にせずにキスしたくなったけれど、「綺麗好き」な恋人が通勤時にいつもしているマスクをしていたから自制できた。

ふたりで暮らしている趣ある古民家はもともと景の祖父母の家で、『スタジオK』から乗り換えなしで五駅、そこから徒歩十五分ほどの住宅街にある。

途中で道を折れると昔ながらの商店街があるのだけれど、家とは反対方向だから帰り道で寄ることは少ない。が、珍しく景がちらりとそっちに目を向けたのに気づいて遼成は足を止めた。

「寄ってく？」

「えっ、いえ、大丈夫です……っ」

「でもいま、商店街のほう気にしてたでしょ」

「……遼成さん、観察眼が鋭すぎます」

「フォトグラファーだからねえ」

ふふっと笑って返し、つないでいた手を引いて商店街に向かう。

「で、何がほしいの？　景のダーリンが買ってあげる」

「ダ、ダーリンって……！　ていうか本当に、いいですから！　遼成さんはハロウィンに興味がないんでしょう」

「んん？　その言い方だとハロウィン絡みなんだ？」

あからさまに「しまった」という顔になる景は本当に可愛い。くすくす笑いながら遼成は馴染みの店主たちに挨拶しつつ商店街の奥へと進んでゆく。

「希理くんが言ってたみたいにコスプレ衣装交換がしたいとか？」

「ち、違います！　今日しか使わない衣装はコスパが悪いですし、俺もべつにコスプレとかハロウィンに興味はありません」

「じゃあなんだろう……あっ、わかった」

「えっ」

「ケーキじゃない？」

　にっこりして遼成が指さしたのは、和菓子も売っているケーキ屋さんである『お菓子のもりはら』だ。記憶喪失だったころの自分がクリスマスにブッシュ・ド・ノエルを買ったというお店で、いまでも買い物帰りにたびたび景と寄っている。

　認めるかどうか葛藤（かっとう）するような間があって、ようやく景が頷いた。

「……どうしてわかったんですか」

「景のことが好きだから？」

「な、なんですかそれ……っ」

「大好きで、よく見てるから、景がここのケーキを好きなのも、可愛いデコに弱いのも知ってるってこと」

　ウインク付きの追加説明に絶句した恋人がふわりと頬を染める。マスクで顔が半分隠れていても最高に綺麗で可愛い。

閉店まであと一時間ほどという時間帯だったため品数は減っていたけれど、ハロウィン仕様のケーキや焼き菓子はどれも楽しくて可愛かった。

迷った末に、ジャック・オー・ランタンの顔をかたどったかぼちゃのタルト、黒猫のチョコがのっているマロンムース、マジパンの包帯を巻かれたミイラ風スイートポテト、マシュマロおばけデコのチョコレートと柚子のカップケーキを購入。ついでに精肉店で鶏むね肉とコロッケも買って帰宅したら、玄関脇に設置している宅配ボックスに荷物が届いていた。

送り主はデザイナーをしている友人だった。品名は「服」。

……そういえば先月、仕事で顔を合わせたときに「お遊びでハロウィンの衣装を作ってるから気が向いたら逵成と彼氏のぶんも作ってあげる」と言われていた。特に期待もせずにサイズを答えたのだけれど、気が向いたらしい。

手洗い・うがいをきっちりして、『もりはら』のケーキを冷蔵庫に仕舞ってから、贈り物の箱を開けた。

たしかに品名どおりのものが入っていた。……が、景は戸惑ったように眉根を寄せる。

「これは……、服……にしては、隙間だらけですよね。あっ、悪い意味じゃなく！」

逵成の友人がデザインしたのを思い出したのか、慌てて下手なフォローを入れるのが愛しい。くすりと笑って広げて見せた。

「たしかに穴だらけだけど、銀糸で編んだ蜘蛛の巣のレースをベースにしたゾンビ風ニットなんだって。こうやってみるとけっこうお洒落じゃない？」

「……上級者って感じがします」

オブラートに包んだ見事な返事だ。悪戯心をくすぐられてしまう。

「せっかく色違いのおそろいで作ってくれたし、着てみない？」

「これをですか？　あまり防寒機能はなさそうですが……」

着眼点が独特な恋人に噴き出しつつ、小さいほうを渡した。

「うちから出なければいいよ。ね、景が着てるとこ、見たいな」

「……遼成さんが、そう言うなら」

「やった！　写真も撮っていい？」

「……一枚だけなら」

「無理。十枚」

「あっ、知ってますその手口！　やられたことがあります……！」

「ふうん……？　記憶喪失中の『俺』に？」

当時の自分を受け入れてはいても、すべて思い出せているわけじゃないからふたりの時間にいまだにちょっと嫉妬してしまう。確認する声が無意識に低くなると、う、と小さな声を漏らした景が目を伏せた。

「……そうです。だから……七枚なんて許しませんから」

「ふふ、景ってば七枚で押し切られちゃったの？　交渉下手だねえ……って、これ、前も言った気がする」

「言われました」

ほろりとこぼれるように出てきた記憶は、輪郭がぼんやりしているけれどなんとなく馴染む。こうして少しずつ、あのころの自分の記憶といまの自分の記憶がとけあってゆくのをたまに体験している。

撮影枚数の交渉が二回目の景はなかなか手ごわく、最終的に三枚だけＯＫになった。

「ちぇー。三枚なんてあっという間だよ」

「文句があるならゼロ枚です」

「あああ、景が厳しい……。いいよ、三枚で。その代わり絶対三枚は撮るからね？」

「……早めに撮り終えてくださいね」

忠告された理由はわかっているから、にっこり笑って返事をはぐらかした。

夕飯とハロウィンデザート、お風呂のあとに、おそろいのゾンビニットに着替えた。

先に着替えた遼成が居間でプライベート専用のデジカメを調整しながら待っていたら、お風呂上がりの景が襖の端から恥ずかしそうに顔をのぞかせる。

「……あの、このニット……あっ」

「あ？」

「すみません、着方を間違えました。もう一回着替えてきます……！」

ダッシュで去ろうとする景を追ってスパンと襖を開けた逵成は、恋人の腕を捕まえて上から下まで眺めてにっこりする。

「べつに間違ってないよ。ちくちくしない？」

「……少し」

「景の肌って繊細だもんねえ。でもめちゃくちゃ似合ってるよ。こっちに来て、もっとちゃんと見せて？」

「でも……」

「お願い」

逵成の「お願い」に恋人が弱いのをわかっていて繰り出すと、少し眉を下げたものの景は素直に居間に来てくれる。

サイズと色違いの、おそろいのゾンビニット。

でも、着こなしの印象はだいぶ違う。逵成は薄手のハイネックのインナーを着ているけれど、景は素肌に直接ニットを着ているからだ。

上質の毛糸を使っているから肌触りは極上だけれど、くすぐったいのか、恥ずかしいのか、ふんわり色白の肌を上気させているのが色っぽい。

「いいね。さっそく一枚」

パシャリとシャッターをきると、「もういいですよね」と景が背中を向けた。ニットの隙間から湯上がりのしっとり潤った肌が見え隠れしているのがなまめかしくて、思わずもう一枚パシャリ。

ぱっと景が振り返ったものの、「三枚」という約束を思い出したのか文句は言わずに目をそらした。

「着替えてきてもいいですか」

「まだダメ。あと一枚約束したでしょ」

さっくり返して、恋人を抱き寄せてうっとり眺める。

「はー……、この着こなしほんと最高。銀糸の隙間から無防備な素肌がのぞいてて、色っぽくて悪戯したくなっちゃうねえ」

「ちょ……っ、遼成さん、そんなところから指を入れないでください……っ」

「いやいや、これはここから入れるでしょう。普段きちんとしている景がこういう格好してるのも新鮮でいいなあ。あとで友達にお礼言っとこう」

上機嫌でニットの隙間から恋人を愛でているうちに、毛糸がほつれて徐々に見える範囲が広がっていった。色気と感度が上がってゆく恋人は眼福以外のなにものでもない。

ここまで計算してゾンビニットを編んだのなら友人は天才だな……と片手でデジカメをかまえたら、息を乱した景にレンズを隠された。

「も……っ、撮るのだめです……っ」

「それは聞けないなあ。俺、絶対三枚は撮るって言ったでしょ」

にっこりしてレンズをふさいでいる景の手首を甘噛みし、力が抜けたところでデジカメの自由を取り戻す。

あと一枚、どのタイミングで撮るかは遼成だけのお楽しみだ。

イベントがあると写真を撮りやすくなるから、これからはもっと積極的に楽しんでもいいなと思いながら恋人のニットをほどいてゆく。

翌日、「お友達に申し訳ないことをしてしまいました……」とほぼ糸の塊(かたまり)になったゾンビニットを前に反省している景が可愛くて、「今日のぶんを撮ってもいい？」と空気を読む気などない確認をして遼成は叱られたのだけれど、それもまた楽しかった。


【蜜恋エゴイスティック（翔吾と希理）】


日本の商業的ハロウィンはどうでもいいけれど、なんでも似合う恋人にいつもと違う格好をしてもらう口実ができるのはいい。

ということで、「着てほしい衣装をプレゼントしていいですか」と希理に聞いたら、「じゃあ俺も翔吾に着てほしいやつ準備するね」と思わぬ返事をもらってハロウィンの衣装交換をすることになった。

たくらみ顔も美しくて色っぽい恋人がずいぶん楽しそうにネットでいろいろ探していたから、恋人に負けないように翔吾も予定より少々本気を出した。

そうして迎えた当日の夜。

夕飯のあと、それぞれラッピングされた箱と紙袋を持ち寄って交換した。

「はい、これ。絶対翔吾に似合うやつ」

「ありがとうございます。楽しみです。俺からはこれを」

「お、なんかお高そうな袋……」

「希理さんにはいいものが似合うので」

「……馬鹿」

にこっと笑って本心を告げるとそんな返事がくるけれど、明らかに照れているので可愛いばかりだ。しかも「あんま俺のために無駄遣いするなよな」とちょっと申し訳なさそうにしているところも希理らしくて愛しさが増す。

「大丈夫です。ちゃんと稼いで収支の管理はしてますし、余裕をもって一生希理さんの面倒をみられるように資産運用もしてますんで」

「……頼もしいけど、俺はちゃんと自分の面倒は自分でみられるから」

「わかってます。でも備えあれば……っていうじゃないですか」

「まあ、翔吾が周到なのは知ってる」

苦笑混じりながらもそのままの翔吾を受け入れている発言をさらりとして、希理が互いの衣装に話を戻した。

「翔吾のことだから凝ってるやつだろうし、俺も気合入れて選んだから、どうせならひとりずつ着替えて披露しない？」

「いいですよ。順番は？」

「ジャンケンで」

ポン、と同時に手を出して、勝った希理のリクエストで翔吾からになった。

希理にもらったふたつの箱のうちひとつを開けると、もふもふふさふさのしっぽと三角の耳――狼男のセットが入っていた。

「翔吾っぽいでしょ」

「異論はないです」

「もうひとつも開けてみて」

にやにやしていても色っぽい美人ぶりが崩れない恋人に感心しつつ、翔吾はもうひとつの箱も開ける。直後、目を見開いた。

「これは……」

「この前の仕返し」

入っていたのは、ゴツい首輪と大型犬に使うような口輪だ。

ドヤ顔の恋人の可愛さもさることながら、見た目によらずシャイで保守的な希理がこれを自分のために買ってくれたという事実が衝撃的で、同じくらい興奮した。

　というか、「この前」が希理にちょっとした拘束道具を使ったことを指しているのなら——たぶんそうだろうが——、自分は体の自由を奪われたのに、この程度で「仕返し」なんて言っているのも可愛すぎてくらくらする。これくらい喜んで着けよう。

「いいですね」

「……なんか、思ってた反応と違うー」

「もっといやがると思ってました？」

「ていうか、喜ばれるとは思わなかった。驚き方も足りないし！」

　ちょっとすねた顔になる恋人にめろめろになりつつ、さっそく「飼い慣らされた狼男」に変身する。黒のツナギの腰のところにふさふさのしっぽを、頭には狼の耳を着け、首輪を巻いて、革とシリコン製の口輪を装着すれば完成だ。

「どうですか」

　振り返ると、瞳をキラキラさせた希理がうっとりと興奮が入り混じった声を漏らした。

「〜〜〜〜っ似合う！　格好いい！　似合いすぎててなんかもうずるい！」

「無茶苦茶言いますねえ」

　思わず笑ってしまうけれど、恋人に絶賛されて悪い気はしない。

「もっと近くでどうぞ」

「じゃあ、失礼して……って、ちょっ、翔吾!?」

素直に近寄ってきた恋人を捕獲して抱きしめ、首筋に鼻先をうずめようとしたけれど口輪が邪魔だった。呼吸もしゃべるのも妨げないからべつに不便じゃないと思ったけれど、そうでもないかも。

ぐっと口輪の先を希理の首筋に押し当てて、ぼそりと囁く。

「ねえ希理さん、これ、やっぱり邪魔じゃない？　希理さんだって、こういうときに俺に噛まれないと物足りないんじゃないですか」

「そ、そんなことないし……っ」

赤い顔で否定する恋人の瞳をのぞきこみ、いつもより離れている距離を意識させるようにちょんと口輪で唇をつつく。

「キスもできませんけど」

ためらうような間があって、希理が目を伏せた。

「……キス、は、したい……」

「じゃあ希理さんの手ではずしてください」

「……うー、なんか負けた気分」

悔しそうにしながらも恋人が翔吾の後頭部に手を回して口輪をはずしてくれる。くすりと笑ってへの字になっている色っぽい唇にキスをした。

「俺が希理さんに勝てるわけないでしょう。いつだってあなたが優勝です」

何か言い返そうと開いた口にがっぷり口づけ、狼男らしく存分に貪る。口の中も感じやすい恋人の体温が上がり、がくんと膝が折れたのを支えてやりながらきらめく糸を引いて唇を離した。

「ああ……、これ以上したら、俺が用意した衣装が着づらくなりますね」

熱をもち始めた恋人の脚の間をそっと撫でると、びくりと身を震わせた希理が潤んだ瞳で見上げてくる。

「……どんなの用意したの」

「ぜひ希理さんの目で確認してください」

目許のほくろにキスをして、誘惑に満ちた愛しい恋人からなんとか体を離す。

「着替え、手伝いましょうか」

「だ、大丈夫……！　ちょっと待ってて」

元モデルで、その美しい体のすみずみまで翔吾に見られているばかりか手や口でさわられているにもかかわらず、いまだに希理は裸体をさらすのを恥じらう。虚勢を張って平気なふりをしていたときも最高に可愛かったけれど、恥ずかしがる姿も絶品だ。

(だからこそあんな衣装を俺に選ばれてしまうんだけどね)

楽しみに待っていたら、着替えを終えた希理がようやく姿を見せた。

「翔吾……、これ、ちょっときついんだけど……」

「はい、色っぽいです」

にっこりした翔吾にいろいろあきらめたのか、小さく嘆息した希理はまろやかなお尻の下にくいこむレザー生地を指で整えるように引っぱった。きゅう、と連動してあちこちが締めつけられ、艶めかしさを際立たせる。

「似合うだろうなって思ってましたが、想像以上です。本当に希理さんは何を着ても似合いますねえ」

「……ボンテージっていうんだっけ、こういうの？　ハロウィン用って言ってたけど、何のコスプレになんの？」

「ブランドサイトによると、正しくは『ボンデージ』で、その衣装のテーマは『囚われの堕天使』だそうです。『魅惑の淫魔』と迷ったんですけど、淫魔にしては希理さん体力ないから」

「おまえが絶倫なだけだろー……」

脱力と苦情が半々の口調で返した希理が、翔吾が用意しておいたものに気づいて胡乱な目を向けてきた。

「ていうかさ、それ、何？」

「足枷ですね」

「この前の手錠とデザイン似てるけど、シリーズで俺にそろえてあげたくなるって言ってたの、本気だったんだ？」

「希理さんに適当なことなんか言いませんよ。嫌なら使いませんけど、どうします？」

にこりと笑って足枷を掲げて見せると、ふいっと視線をそらした恋人が頬を染めて予想どおりの返事をくれた。

「……べつに、嫌だとか言ってないじゃん」

「ですよね。ちなみにもうひとつ、トリックにもトリートにもなるものを用意しておいたんですけど」

「え……」

ぱっと視線を戻した恋人が期待を隠しきれない目をしていて、ぞくぞくする。

寂しがりで、強がるくせに本当は繊細で、過重なほどに求められるのが好きな希理は、恥じらって抵抗するふりをしてみせても翔吾の色に染められるのを喜んでくれる最高の恋人だ。

抱き寄せるだけで白い肌にくいこむ衣装に甘い息をこぼす色っぽい希理に、翔吾はうっとりと笑む。

「悪戯もおもてなしも、ぜんぶ俺がしてあげますね」

「ん……、よろしく」

首に回される腕に笑みを深めつつ、狼男は自分に甘い飼い主に深く口づけた。

ハロウィン・プレゼント

「キスと小鳥」
「恋とうさぎ」
「嘘とひつじ」より

【キスと小鳥（利仁と日向）】

日本ではすっかりコスプレの日として定着した感のあるハロウィンだが、『n－EST』の社長である利仁にとってはあくまでも仕事で利用する商業用イベントだ。それ以上でも以下でもない。もちろんコスプレなどに興味はない。

（まあ、日向はどんな格好をさせても似合うだろうが……）

小柄で童顔な恋人は、可愛い系はもちろん、そうじゃないのも似合う。なんなら「似合わなくて可愛い」という現象さえ発生させる。イトコ兼秘書の相模原には「その現象は利仁限定です」などと呆れ顔をされているが、そんなことはない……はずだ。

ハロウィン間近の休日、テレビのニュース内で注目トピックとして取り上げられているコスプレを眺めながらそんなことを考えていたら、ひょいとソファのうしろから日向にのぞきこまれた。

「利仁さん、難しい顔してどうしたんです？」

「んー……？」

適当に返しつつ、恋人の後頭部に手を回してぐいと引き寄せた。

「な……っ？」

驚きに開いた愛らしい唇に唇を重ねて、細い体に腕を回してずるりとソファを乗り越えさせる。すっぽりサイズの恋人を膝に抱いてから唇を離した。

「べつに。難しい顔をしてた自覚もなかったしな」

「……この体勢にする前に答えてくれてもよくないですか」

「せっかく恋人が釣れたから便乗した」

「なんですか、それ」

呆れたように言いながらも笑う日向が可愛くて、やわらかくほころんだ唇に再び吸い寄せられる。

と、邪魔するようにインターフォンのチャイムが鳴り響いた。

内心で舌打ちながらも出ると、宅配便だった。

箱を受け取り、リビングに戻る途中で差出人に気づいた利仁は「げ」と顔をしかめる。

「何か変なものでした？」

「そうじゃないことを祈ってるところだ」

首をかしげた日向が寄ってきた。

「あ、相模原さんからなんですね。……中身、ハロウィングッズって書いてありますね」

日向の表情が一瞬にして利仁と同じく警戒モードに変わった。そういう反応をされる相模原のキャラクターは推して知るべし、だ。

「放置するか？」

「……それはそれで怖い気もします」

「だよな……」

盗聴器などを仕掛けられている可能性がゼロじゃないことを思うと開封せざるをえない。

覚悟を決めて箱を開けた利仁は、眉根を寄せた。

「……なんだ、これ」

「コスプレ用のグッズっぽいですね」

箱の中には大小さまざまな荷物が整然と詰められている。黒、紫、オレンジ、黄色、茶色。いかにもハロウィンらしい色合いだ。

恐れていたほどおかしなものじゃなくてほっとしたのか、日向が何気なくひとつを手に取った。直後、「ひぇっ」と小さな悲鳴を漏らしてそれを放り投げる。

「どうした日向、なんか仕込まれてたか!?」

とっさにキャッチした利仁が焦って問うのに、真っ赤になった日向はじりじりと距離をとるように後ずさる。

「仕込まれてたっていうか、なんていうか……っ、もう、相模原さんってばなんてものを……っ」

「……？」

眉をひそめて手の中の箱に目をやった利仁は、カッと灰青色(ブルーグレイ)の瞳を見開いた。

一見普通のハロウィン用グッズに見えるそれは、よく見たら「大人の玩具(おもちゃ)」だったのだ。ふわふわの黒くて長いしっぽの先に丸い球が連なっていて、ご丁寧に可愛いイラスト付きで使用方法がパッケージに印刷されている。

それ以外の荷物も同様だった。無駄にセクシーなコスプレ衣装、毒々しい色のローター、ゴシックデザインの革製の手錠や首輪、その他もろもろ。

「……っの野郎……！　どれも似合うだろうが日向は俺んだ！　おまえの玩具じゃねえ！」

思わず漏れた怒りの呟きに隣からツッコミが入った。

「いや、俺は利仁さんの玩具でもないですけど」

「わかってる！」

「ていうか、似合うとか思ってる時点で俺が使ってるとこ想像したんじゃ……」

「い、いや、そうじゃない。日向はなんでも似合うっていうだけだ」

「へえ～？」

胡乱な視線に若干焦りつつ、疑いを晴らすためにもきっぱり宣言した。

「これは送り返すぞ。あいつは最近俺たちをからかうのを生き甲斐にしてるからな、これ以上遊ばれてたまるか」

「はい！」

いい返事をした日向が、大きな瞳を楽しげにきらめかせた。

「ただ送り返すのもつまらないので、こっちからも悪戯をしかけてやりませんか」

「のった」

可愛い顔をしてやられっぱなしにならないのが日向の魅力のひとつだ。にやりと笑って即答で同意した利仁はさっそく恋人と買い物に出る。

街はハロウィン色に染められ、探すまでもなくあちこちでグッズや衣装が売られている。どう考えても無関係なものまでハロウィン仕様になっていて、見つけるたびにいいツッコミを入れる日向と歩いているだけで盛り上がった。

「……なんか、俺たち普通にショッピングデートを楽しんじゃってますね」

「だな。相模原への報復はちょっと手加減してやるか」

デートのきっかけになったぶんの手加減にふさわしいのはどのくらいか、と半分ふざけながら相談していたら、ふいに日向が足を止めた。つないでいる手をきゅっと引いて、大きな目で見上げてくる。

「……利仁さん、仮装する気って全然ないです？」

「ん？　なんか俺に着てほしいのがあったのか」

「見つけちゃいました……！」

顔を輝かせて恋人が指さしたのは、レトロなたたずまいの仕立屋のショーウインドウだった。

美しいカッティングと丁寧な縫製技術で仕立てられているのが一目でわかる見本のうち、中央の一着がハロウィン仕様――優雅な燕尾服に凝ったデザインのマントを羽織った吸血鬼のマネキンになっている。

「ああいうの、利仁さん絶対似合いますよね！　黒の三つ揃いスーツは持ってますし、マントだけ買ったらいけると思うんですけど……！」

「いけるだろうな」

「やってくれます？」

「そうだな……、日向次第だ」

期待に満ちた目を向けてくる恋人ににやりと流し目で返すと、含みを正しく察した日向が悩みだした。

「うう、とんでもないトリート(おもてなし)を要求される気がするけど、もともとこういうのやらないひとだし、今回を逃(のが)したら一生後悔するかも……。よしっ、わかりました！　なんでもこいです！」

相変わらずいざというときの思い切りがいい。利仁は笑って仕立屋に向かった。

「日向は黒いスーツ持ってなかったよな。フルでそろえるか」

「えっ、俺も吸血鬼になるんですか⁉」

「当たり前だろう。コスは道連れだ」

「み、道連れはいいですけど、俺、自分で言うのもなんだけどたぶん吸血鬼似合わないですよ？」

似合わなくても可愛いと思うが、経済観念の発達している日向は似合わないものに大枚をはたくのは許せないという。

「仕立屋さんのスーツとマントなんて間違いなく高いですし、俺はもっと安い仮装で……」

「値段は気にしなくていい。ていうか、日向は俺と同じじゃないと駄目だ」

「駄目とは……？」

「俺が不老不死の吸血鬼なら、おまえも同じじゃないとずっと一緒にいられないだろ」

目を見開いた恋人の頰が、ふわりと染まった。照れ隠しのようにつないでいる手をぎゅうぎゅう握りしめてくる。

「もー……、利仁さん、ほんっとそういうとこ……っ」

ときどき日向が責めるように口にする「そういうとこ」がいつの間にか出ていたようだが、このフレーズが出るときの恋人は喜んでいるらしいというのはこれまでの経験で理解している。

にやりと笑って小さな手を握り返し、代替案も出してやった。

「どうしても気後れするんなら、眷属でもいいぞ」

「吸血鬼の眷属って……？」

「蝙蝠だ。その場合も俺と一生連れ添う運命だけどな」

絶対にはずせない条件を付け加えたら、目を瞬いた日向がほころぶように笑った。

「そこは望むところなんで、問題なしです。蝙蝠だと一気に下っ端感が出ますけど、そっちのが気楽そうですよね。じゃ、俺は利仁さんの眷属ってことで」

さらりと可愛いことを言う恋人をうっかり仕立屋の前で抱きしめなかったのは我ながら自制がきいていた。ギリギリだったけれど。

フルオーダーだと時間がかかるから、レディメイドに手を加えるセミオーダーで自分用のマントと蝙蝠の衣装のオーダーを入れた。「こういうところで服を作るのって初めてでよくわかんないので……」と日向が全面的に任せてくれたので、利仁が恋人に着せたい蝙蝠の衣装のイメージを仕立屋の店主に伝えた数日後。

ハロウィンの夜、少々露出の多い可愛すぎる蝙蝠になった日向に「なんだかんだで利仁さんと相模原さんって同類な気がします」と呆れ顔で言われた利仁は、「あいつほど趣味は悪くない！」と否定とは言い切れない反論をしたのだった。

【恋とうさぎ（相模原と杜羽）】

ハロウィン当日に利仁と日向から連名で届いた荷物を受け取った相模原は、くすりと笑ってそれをLDKに運ぶ。

「杜羽（とわ）、利仁たちがいいものを送ってきてくれましたよ」

「いいもの？　って、開けてないのにわかるの……？」

未開封の段ボール箱を目の前に置かれた杜羽がきょとんと目を瞬く。にっこりして頷き、相模原は恋人を促した。

「今日はハロウィンですからねえ。開けていいですよ」

「う、うん……って、うわっ、なにコレ!?」

予想どおり、箱を開けた杜羽が真っ赤になって飛びのいた。一見クールな美人なのにウブな反応が本当に可愛い。

グッズの中でもハードめでエロティックなものが最前面に並んでいるのは、イトコたちからの意趣返しだろう。おかげで杜羽は青くなったり赤くなったりしてあわあわおろおろしている。素晴らしい。あとでお礼を伝えなくては。

上機嫌で相模原は恋人を手招いた。

「ただのハロウィングッズじゃないですか」

「いや、でも、なんていうかコレ……ただのっていうには、えげつなくない？」

箱の中身におののきながらも、恋人は素直に相模原のところに寄ってくる。危険を恐れて大樹の陰に逃げるうさぎのようで最高に愛らしいけれど、じつのところ相模原は安心な大樹などではない。むしろ逆だ。

するりと恋人の細い腰に腕を回した相模原は、ふわふわの黒いうさぎのしっぽを模した玩具を手にした。

「恋人同士で楽しめということでしょう。さ、杜羽、お尻をこちらへ」

「……っ」

ぶんぶんと勢いよくかぶりを振った杜羽が逃げ出そうとするけれど、がっちり腰に回った相模原の腕のせいでかなわない。焦り顔も本当に可愛くて唇が弧を描いてしまう。

「おや？　せっかくのいただきものを無駄にする気ですか」

「だだだ、だってそんなの無理……！」

「私のモノよりずっと小さいですよ？」

「それでも無理！　志織（しおり）の以外、入れたくないし……っ」

恋人の口から飛び出してきた言葉に勢いよく心臓を射貫かれた。

きっと杜羽にはあれもこれもよく似合うけれど、断念してもかまわないくらいに心を満たされた相模原はとろける笑みを浮かべる。

「そう……、私のものがいいですか。ああもう、本当に愛おしい……私のうさぎさん（マイン・ハーズィ）」

深く口づけて、細い体を大事に抱きしめた。

「ん……っ、んぅ……」

感じやすい恋人は、気持ちよさそうな声も口内も甘くて最高に美味しい。うっかり止まらなくなってしまうくらいに。

「……ねえ杜羽、ベッドに行きませんか」

「ま、だ……、明るいのに……？」

「ええ。どうしても欲しくなってしまいました」

「……仕方ないなあ」

言いながらも耳が赤くなっていて、おそらく本人無自覚で首筋にすりっと甘えてくる。

かぷ、と愛おしさのあまり綺麗に染まっている耳を食むと、そこがとびきり感じやすい恋人は細い体を震わせてしがみついてきた。

「やぁっ、みみ、だめ……っ」

「すみません、あんまり美味しそうなので」

「やっ、も、志織……っ、立てなくなるから……っ」

「お気になさらず。抱いて運んであげます」

歌うように返して恋人の体をしっかり抱きかかえた相模原は、届いたばかりの箱に視線をやって眼鏡の奥の目を細めた。

「杜羽、あなたのしっぽはすべて私が担（にな）いますが、それ以外で身に着けたいものを選んでください」

「俺のしっぽを志織が……？」

きょと、と目を瞬いた杜羽が、玩具のしっぽから「お尻に挿（い）れるもの」という意味を察してぶわりと赤くなった。無言で肩を叩かれるけれど、ただの照れ隠しだから全然痛くない。むしろ恥じらっている姿に煽られてしまう。

耳元に唇を寄せて促した。

「ほら、早く選ばないと。私が選びますよ……？」

「ま、待って、自分で選ぶから……っ」

相模原セレクトだととんでもない衣装を強制されると理解している杜羽が、慌てて段ボールの中身に目をやって無難なものを指さした。

「それ……！」

「さすがは私のうさぎ（マイン・ハーズィ）さん、自分に似合うものをよくわかっています」

熱くなっている恋人の頬にキスをして、相模原は魔獣うさぎセットを拾った。黒いうさぎの耳のカチューシャと、ふわふわで少々（？）生地が少ない衣装の組み合わせだ。しっぽはさっき却下されたから置いてゆく。

いそいそとベッドルームへ移動しようとしたら、ちょっとすねた顔の恋人に止められた。

「俺に強制したんだから、志織もコスプレしてよ」

「おやおや、強制なんてしていませんが、愛しい杜羽に不満をもたれるのは本意ではありません。あなたが私に着せたいものを選んでくれていいですよ」

全面的に任せると、意外な反応だったのか目を瞬いた杜羽が段ボールの中身に改めて視線をやった。

「……ここからじゃよく見えないけど、魔法使いの衣装とかある？」

「魔法使いですか」

片腕で恋人を抱えたまま箱をひっくり返してみたら、帽子とマントと杖のセットが出てきた。いくつか紛れこませていたマトモな衣装のひとつだ。拾い上げて今度こそベッドルームに向かう。

「杜羽にとって、私は魔法使いのイメージですか？　利仁にはよく『悪魔』と言われるのですが」

ふふ、と笑って聞いてみたら、「ああ……、たしかに悪魔も似合う！」と思いっきり納得された。

さっきとっさに出てきたのが「魔法使い」だっただけなのかと思いきや、そういうわけでもないらしい。

「魔法使いって、チートな感じが志織っぽいなって思って」

……なるほど、悪くない。というか、その理由で悪の親玉である「魔王」ではなく、善き者もいる「魔法使い」を選んでくれるところに恋人の愛情を感じて頬がゆるむ。

「杜羽に万能だと思われているのはうれしいですね」

ベッドにおろした恋人の顔にキスの雨を降らせると、くすぐったそうに笑いながら杜羽が聞いてきた。

「だって志織、苦手なことってないでしょ……?」

「ありますよ」

「え」

即答に目を丸くしている恋人の頭にうさ耳カチューシャを装着しつつ、相模原は正直に自分のウィークポイントを明かす。

「杜羽と離れていることと、杜羽に関することで感情をコントロールするのが苦手です。そのうち制御できるようになるかと思っていたのですが、いつまでたっても杜羽に振り回されています」

「ふ、振り回してないし……っ。ていうか、俺のほうが振り回されてると思う。こういうのに付き合ったりとか……、志織じゃなかったら、絶対しないからね!?」

うさ耳カチューシャを指さして、ほんのり染まった顔で訴える恋人はつくづく愛おしい。幸せな笑みをこぼして相模原は自分だけの可愛いうさぎに口づける。

好きなひとからの特別扱いがこんなにうれしいということを、相模原は杜羽のおかげで初めて知った。好きなひとに普段はしないような格好をさせて、同意を得たうえでちょっとした玩具を使って一緒に遊ぶ楽しさも。

遠回りなトリックから手に入れた最高のトリートをたっぷり堪能した相模原だったが——数日後、悪戯がバレた。

「日向くんから、えげつないグッズは志織が送り付けてきたのを返しただけで、日向くんたちからのぶんはリアルな目玉クッキーや血液パック風のジュース、ゾンビ風の着ぐるみだけだったって聞いたんだけど……!?」

耳を赤くして迫る恋人は可愛いけれど、反応を間違えた場合の危険性を正しく察知した相模原は真実を白状したうえで謝罪した。が、「日向くんたちに悪いから無罪放免はしません」と宣言した杜羽に「家にいる間はうさ耳を着ける」という三日間の罰を与えられた。

この程度の罰であの楽しみが得られるなら安いものだ……と相模原が思っていたかどうかは、本人のみぞ知る。

【嘘とひつじ（レオンと弥洋）】

ハロウィンの数日前、レオンの許にも相模原から大人のハロウィングッズの詰め合わせが届いていた。

「シオから……？　なんだろう」

優雅な美貌に似合わず悪戯好きな友人はサプライズプレゼントを送ってくることがある。センスのいい素敵なものの時もあるし、びっくり箱みたいなときもあるが、今回はどちらだろう。

楽しみにしながら段ボール箱を開けたレオンは、軽く口笛を吹いた。

「見て見て、ヤヒロ。シオからすごいものが届いたよ」

読書中の恋人を呼ぶと、やってきた弥洋が箱の中身を目にするなり眼鏡の奥の瞳をぎょっと見開いた。

「これは……また、すごい趣味だね」

内心で引いていたとしてもレオンの友人を悪く言わないのが彼らしくて愛おしい。思わず抱き寄せてふわふわの髪に頬ずりすると、くすぐったそうに笑う。

「なに、急に」

「僕の羊は最高だなあって改めて実感してただけ」

「そんなこと言って、使う気じゃないよね？」

「ん？　使えそうなのがあった？」

「あっ、レオンの好奇心の旺盛さがまずい方向に向かってる気がする……！」

「僕の羊がいやがることは絶対にしないから、安心して？」

にっこりして保証したら、弥洋が言いようのない表情を浮かべた。

「……あなたにされることをいやがれないから、困ってるんだけど」

ため息混じりの呟きは恋人冥利に尽きる。喜びのあまりぎゅうぎゅう抱きしめたら、「ちょ……っ、レオン、もう苦しい」と笑いながら腕をタップして止められた。

とりあえず、何をプレゼントしてくれたのかひとつずつ取り出して確認する。ホテル勤めだったところにゲストの無茶ぶりを冷静にさばいていただけあって、弥洋も落ち着き払った態度で付き合ってくれた。

(平気そうなふりしてるのに、さりげなくパッケージから視線をそらしたり、ちょっと赤くなったりしているのが本当にたまらないなあ……)

こっそり恋人の反応をチェックしてはうっとりしてしまう。

ほとんどが友人ならではのジョークグッズだったが、中にはちょっと試してみたくなるようなものもあった。

コスプレ用の衣装を手にレオンは話をふってみる。

「これは僕が着るのかな？　それともヤヒロ？」

「サイズからすると俺じゃないかな……って、着ないよ!?　それ、スケスケじゃん！」

指摘どおり、紫と黒、金をベースにした衣装はシースルー素材とレースと紐ときらめく飾りだけでできていて、潔く全裸のほうが健全に見えそうなくらいにエロティックだ。ちなみにアラビアンナイトの「ランプの魔人」のコスプレ衣装らしいが、どう見ても王様に捧げられる踊り子である。

こんな衣装を生真面目な弥洋が着てくれる機会は、ハロウィンを逃したらないだろう。ぜひ見たい。網膜に焼きつけてからいっそう淫らに乱したい。

自分でも気づかないうちにブルーアイズに欲望の炎を湛えたレオンは、恋人のやわらかな黒髪に指を絡めて耳元で囁いた。

「これ、きみにすごく似合うと思うな」

「……っ」

「ねえ、着て見せて、僕の美しい花」

ふるりと身を震わせた弥洋の美しい瞳が甘く潤んだ。

「……俺はほんと、あなたに弱いな」

ため息混じりの呟きにはっとすると、頬を染めた恋人が交換条件を出した。

「レオンも、俺が選んだ衣装を着てくれたらいいよ」

「お安い御用だ」

にっこりして受け入れたレオンに弥洋が選んだのは、豪華なエジプト風の王の衣装だった。

冥界の王(オシリス)のコスプレ用らしいが、期せずして「王と踊り子」の実現だ。

王となったレオンは、愛しい恋人を自分の体の上で淫らに踊らせ、組み伏せてさらに堪能した。

(今回のプレゼントは、素敵さとびっくり箱が半々だったな)

とろけて力尽きた恋人を抱きしめてキスの雨を降らせながら、近いうちに友人にお礼の品を送ろうと上機嫌でレオンは思う。ただし、大人の玩具はいらなかったというのもちゃんと伝えるつもりだ。

愛しい恋人が受け入れていいのは、ライオン大帝(ル・グラン・レオン)だけなのだから。

ハロウィン・スイーツ

「純愛スイーツ」より

【純愛スイーツ（啓頼と己牧）】

秋の休日の午後、買い出しついでに啓頼（ひろより）は商店街にあるお気に入りのお店、『お菓子のもりはら』に寄った。

佇（たたず）まいからして「地元の美味しいケーキ屋さん」である『もりはら』は、一番人気のロールケーキはもちろん、和菓子も焼き菓子もハズレなく美味しい。

この時季はハロウィンの新作も出ているから、親しくしている高校生の「看板息子」こと己牧（こまき）が食べさせてくれた試作品のどれかがブラッシュアップされて店頭に並んでいるかもしれない。

己牧が作るお菓子がなによりも好みに合う啓頼としては、どれが商品化されたかドキドキとわくわくが半々だ。推しの合格発表を見るような気分で『もりはら』のドアを開ける。

「いらっしゃいませー。あ、ヒロ先生！　こんにちは」

焼き菓子コーナーに品出しをしていた己牧がぱあっと笑顔になって挨拶してくれたけれど、とっさに返せなかった。

ハロウィン仕様の店内にしっくり馴染んでいる己牧は、つば広の黒い帽子にマントを身に着け、手にはツイストキャンディの杖を持ち――魔法使いになっていたのだ。

「こまちゃん、かっ、かわ……、んん」

飛び出しかけた言葉をとっさに口を手で覆うことで留める。

「……言ってもいい？」

確認に彼が笑った。

「いいですよ。いまさらです」

「可愛い！　めちゃくちゃ可愛い……！」

心から声にしたら、ふわりと頬を染めた己牧が照れたように笑う。

「ありがとうございます。お菓子を売る店の息子として母親に強制されたコスプレですけど、ヒロ先生にそう言ってもらえたら報われました」

「いや、ほんとに可愛いから……！　ハロウィンってかぼちゃのお菓子が増える以外に特に楽しみにしてなかったけど、こまちゃんのおかげで今度からすごく楽しみなイベントになるよ」

思わず本音がこぼれると、大きな目を瞬いた己牧の頬がさっき以上に甘く染まった。

「それはよかったです……」

目を伏せるのも、照れているのを隠すように新作ケーキに話題を移すのも、本当に困ってしまうくらいに可愛い。

男の子だし、高校生だし、地元の人たちに愛されているお店の看板息子だし、彼の作るお菓子を食べられなくなりたくないし、年の離れた友人という枠を踏み越えないほうがいい理由ならいくらでもあるのに、見ているだけで心を揺さぶられてしまうのはどうしたらいいのか。

（まいったなあ……）

この街に来たときは、自分が仕事以外でこんなにままならない想いを抱くことになるなんて思ってもいなかった。

啓頼にできるのは、大人のふりで適切な距離をなんとか保ち続けること。あとは、お菓子をたくさん買って己牧に喜んでもらうことくらいだろうか。

「これだけあったら、トリックオアトリートって言われても余裕ですね」

「そうだね。あ、こまちゃん、いまの決まり文句、もう一回言って」

「トリックオアトリート……?」

「はい、どうぞ。俺のオススメ」

買ったばかりの品の中からカップケーキをひとつあげると、目を丸くした己牧が慌てて遠慮しようとして、考え直したように受け取った。

「ありがとうございます。えっと、ヒロ先生も言ってください」

「トリックオアトリートって?　でもこれ、ほんとは子どもが言うやつだし……」

「ぼ、僕だって子どもじゃないですから!」

即座に返された言葉に頬がゆるんでしまう。と、からかわれていると思ったのか己牧がちょっとすねた顔になって、それもめちゃくちゃ可愛くてまいった。

「少し待っててください。僕からのトリートも持ってきます」

いったん厨房に引っこんだ己牧が持ってきたのは、試作品だという秋味のマドレーヌ三種。一個のカップケーキが三個に化けてくれた。

「いいの？」

「まだ試作の段階なので、逆に申し訳ないですけど……。でも、ハロウィンにぴったりな気がしたので」

「？」

怪訝（けげん）な顔をする啓頼に、己牧が悪戯っぽく笑う。

「一個、ハズレが入ってます。微妙な味を楽しんでくださいね」

「……ありがとう」

研究熱心なせいか、己牧はごくたまーに組み合わせが微妙なお菓子を錬成する。まずくはないが、まさに「微妙」。

目が合ったら、どちらともなく笑ってしまった。

ハロウィンにふさわしい悪戯入りお菓子、味わうのが楽しみだ……という感じですごしたのは、数年前のこと。

「こまちゃん、やっぱり似合うねえ。めちゃくちゃ可愛い」

遠慮なく「可愛い」を言うようになった啓頼がうっとり眺めているのは、勤め先のパティスリーで支給された衣装を身に着けた己牧だ。

ハロウィン当日、仮装して来店した子どもたちにお菓子を配るイベントをパティスリーで開催することになり、くじ引きで己牧は魔法使いの役を任されたとのこと。『もりはら』のときよりグレードアップした衣装をあのころより大人になったにもかかわらず見事に可愛く着こなしている。

が、本人は恥ずかしさが先に立つようだ。

「うう、まさか実家を出てもコスプレをする羽目になるとは思いませんでした……」

「お菓子屋さんにとって、季節のイベントに乗っかるのは大事だってこまちゃんも言ってたじゃない」

「そうですけどー……」

「本当に似合っているし、すっごく可愛いからがんばれ」

とんがり帽子を取ってよしよしと頭を撫でて励ますと、頷いた己牧がはたと何か思いついたように見上げてきた。

「……がんばるので、ご褒美が欲しいです」

「ご褒美？　いいよ。何が欲しいの？」

珍しいおねだりに驚きつつも聞いてみたら、思いがけないリクエストがきた。

「ヒロさんのコスプレが見たいです」

「俺の……!?」

戸惑うものの、そんなものでやる気になるのなら……と受け入れたら、さっそく己牧は何のコスプレがいいかうきうき考え始める。

「吸血鬼は絶対似合うし、動物たちの味方だから狼男も捨てがたい……！　あっ、包帯と縁があるという点でミイラ男もアリかも！　ヒロさんは何になりたいですか」

「こまちゃんの希望を叶えたいです」

くすりと笑って本心から答えると、名状しがたい表情になった恋人がばふっと抱きついてきた。

「もー、ヒロさん格好よすぎです。大好き」

ぐりぐりと頭を押しつけてくる恋人は、今日も困ってしまうくらいに可愛くて愛おしい。

ハロウィン当日、悩みに悩んだ末に己牧が選んだ啓頼の衣装は「体の一部に包帯を巻いている狼男のバンパイア」というてんこ盛り設定になったのだけれど、恋人が満足そうだったので啓頼もよしとした。

ハロウィン・スナップ

「はじめての恋わずらい」より

【はじめての恋わずらい（聡真と直史）】

九月末、聡真と一緒に朝食の準備をしていた直史が眼鏡の奥の大きな瞳をまん丸にして報告してきた。

「見て見て聡真くん、ハロウィンのイラストがついてるよ……！　納豆なのに！」

「見事に無関係ですね。ちなみに俺が味噌汁に入れようとしているこれにも同じ現象が起きてます」

「お豆腐も……!?　あっ、もしかしてかぼちゃ味とか？」

「いえ、いつもの絹ごしです」

ぴりりとパッケージを開けると、中には見慣れた白い直方体があるのみ。外側がハロウィン仕様になっているだけだ。

「はー……、ハロウィンってなんだろうねえ」

「日本ではもう本来の意味とか考えたらダメなんです。コスプレとキャラクターを楽しみ、経済を回すイベントです」

「そっか……。じゃあうちでも便乗してフェアとかやっちゃう？」

「いいですね。たしか、倉庫に英語の絵本とかあったはずですよ」

古書店とはいえ客商売、どうせならイベントに乗っかったほうがいい。まあ、多くの企業がそう思っているから本来は無関係なものまでハロウィン色に染まっているのだろうが。

ささやかながらも『三毛屋』でハロウィンに関する本を集めてフェアをしたら、思いのほかよく売れた。特にインテリアにもなる英語圏の絵本とお菓子作りの本が人気で、意外なところでは手芸本も。手作りコスプレ派の恩恵である。

フェアの最終日はハロウィン当日だ。

せっかくなので直史とハロウィンについて店内の本で調べながらのんびり店番をしていたら、いつものメンバーのひとり――凌が箱を抱えてやってきた。

「ハッピーハロウィン！　てことで、いいものあげる」

「いらん」

店主より先に聡真がばっさり切り捨てたにもかかわらず、気にも留めずに凌は勝手に店内奥の事務所へと箱を運び入れる。

中では文都が在庫の確認中だ。

「アヤちゃん、トリックオアトリート！」

「えっ、お、お菓子ですか？　何かあったかな……ちょっと待ってください」

慌てて自分のバッグを確認しに行こうとする文都を「待って待って、お菓子はないほうがいいから」と凌が止める。

「ないほうがいいんですか……？」

「うん。お菓子をもらったら悪戯できないでしょ」

「……！　お菓子、見つけてきます」

「うそうそ。悪戯なんかしないよ。むしろトリートグッズを持参しました。直さんたちもぜひ使って？」

そう言って湊が開けた箱には、大量のコスプレグッズが入っていた。

黒猫の耳のカチューシャを手にした湊が、にっこりして文都を手招く。

「これ、アヤちゃんに似合いそう。着けてみない？」

「オープンなヘンタイだな」

「仮装はヘンタイに入りません～」

聡真のツッコミに湊が嘯く。文都は困り顔でおろおろしていたけれど、「たしかに文都くんに黒猫って似合いそう。見たいな」と直史が悪気なくねだったことで、簡単なコスプレを受け入れる流れになっていた。

頭に猫耳カチューシャをして、腰のベルトに黒猫のしっぽを装着。鈴がついたリボンは首輪代わりだ。もふもふの手袋とスリッパまであった。

「アヤちゃんかっわいい……！　最高！」

「ほんとに似合うねえ」

湊と直史に褒められて照れている文都は、たしかに黒猫姿がよく似合っている。シャイなところも黒猫っぽい。

が、気弱に見えて根はしっかり者なのが文都だ。ひとりだけコスプレさせられているという状態をよしとするわけがなかった。

「み、みなさんも何か仮装してください！　じゃないと悪戯しますから！」

「えっ、アヤちゃんの悪戯？　されてみたい……！」

「凌、またオープンなヘンタイが漏れてる」

「……今回の発言はたしかにちょっとヘンタイちっくでした」

素直に認めた凌が、コスプレさせたお詫びにと文都に衣装を選ばせる。自分で着てみたいものなどないから、選んでもらうのはいい案だなと聡真も恋人に任せることにした。

「直さん、俺の衣装を選んでもらえますか？」

「いいよ～。じゃあ聡真くんは僕のを選んでくれる？」

「もちろんです」

恋人に着せたい衣装ならいくらでもある。……いや、自分は凌とは違うから「ヘンタイちっく」なものは選ばないが。「コスプレさせたいって思ってる時点で同類だよ」という凌の言葉は聞こえなかったことにする。

文都が凌に選んだのは、正統派のバンパイアだった。一部で「王子」と言われているだけあって、マント付きの貴族のような衣装が聡真から見てもよく似合っている。

「凌さん、格好いい……！」

「ありがと。アヤちゃんも世界一可愛いってもう言った？」

思わずというように感激の声を漏らした文都に、にこっと笑って凌が軟派なことを言う。聞いているだけで歯が浮きそうだが、ウブな文都は赤くなってあわあわしている。

「……ほんと可愛いなあ」

猫耳を着けた文都の頭を撫でる凌の眼差しは、本人無自覚だろうがあまりに雄弁だ。

「いちゃつくんならよそでやれ」

「い、いちゃついてないです……っ」

慌てて凌から飛びのく文都に、「えー」と不満げな凌。このふたり、これでまだ付き合っていないのである。本人たちの事情やペースがあるのだろうし、聡真にとってはどうでもいいことだけれど。

直史は聡真のセレクトで魔法使いになった。

「『三毛屋』の店主ですし、本当は三毛猫が似合いそうだなって思ったんですけど……」

「ハロウィンは三毛猫って感じじゃないもんねえ。コスプレグッズにもないし」

「でも、魔法使いも似合ってます」

「ほんと。ちょっとオーバーサイズなのが可愛い」

「凌は見るな」

「なんでよ!?　俺スポンサーだよ!?」

「たまたまだろ。おまえがいなくてもスポンサーには困らない」

「あーやだやだ、金の力があるやつは……」

「凌にだけは言われたくない」

「「たしかに……」」

声をそろえて賛同してくれたのは直史と文都だ。そもそも、今回のコスプレ衣装も西園寺グループ傘下のアパレルメーカーのサンプルをもらったから持ってきたらしいし、御曹司のお遊びハロウィンなのだ。

最後は聡真のコスプレだ。直史が選んだ衣装は――。

「やっぱり聡真くんには吸血鬼が似合うねえ。狼男とか悪魔もいいなって思ったんだけど、姿勢がいいからきちんとした格好のほうが映えると思って」

「たしかによく似合ってます……けど」

続きを言いよどんだ文都がちらりと凌を見て、聡真を見て、視線で訴えるように直史に目をやる。

「ん？」

どうやら本気で直史は気づいていない。べつにこの衣装でもかまわない。かまわないが、少しだけ気になるのは。

「聡真と俺、まさかの双子コーデ……」

額に手を当てた凌のうめき声のような呟きに、直史が大きな目をぱちくりさせた。見比べて、へらっと笑う。

「ほんとだ。おそろいだったねえ」

「……わざとじゃないんですよね？」

「うん。ていうか、ふたりとも背が高くてめちゃくちゃ似合ってるから、格好よさも二倍ですごいことになってるね！　写真撮っていい？」

無邪気にそんなことを言ってくる直史は、さすが直史だ。恋人が自分じゃない誰かとおそろいの格好をしていたら聡真なら速攻で脱がせるけれど、そんな些細なことは気にしないし、のほほんとした態度で素直に褒めてくれるから笑ってしまう。

とりあえず、双子コーデの凌とのツーショットだけは断固拒否したいということで写真は全員で撮った。

魔法使い姿の恋人は可愛かったし、凌が「同族のよしみであげる」とちょっと色っぽい衣装をおまけでくれたから、思いがけずに夜まで楽しいハロウィンになった。

翌日、素直すぎる直史が凌に夜の衣装のお礼を言ったせいで「オープンなヘンタイとムッツリのどっちがマシか」という議論を吹っ掛けられ、「どっちもどっち」と文都に呆れられたばかりか、直史に「ムッツリでも大好きだよ！」と笑顔で言われたことだけは聡真にとって心外だった。

ハロウィン・ことはじめ

「旦那様は恋人を拾う」
「公爵は愛妻を攫う」
「箱庭ろまんす」より

【旦那様は恋人を拾う（桐一郎と六花）】

秋の夜長、本好きの恋人が辞書を引きながら真剣に読んでいるのは米国のロバートたちから送られてきた英語の図鑑だ。

「……六花、それ、そんなにおもしろい？」

「おもしろいです。旦那様、ハロウィンってご存じですか」

「何かで読んだ覚えはあるね。たしか、アメリカで十月の終わりに行われる行事で、もともとケルトのお盆のようなお祭りじゃなかったかな」

「すごい、なんでもご存じなんですね……！」

感心した六花の美しい緑色の瞳がようやくこっちを向いた。にこりと笑ってさりげなく恋人を抱き寄せ、気づかれないうちに図鑑を閉じる。

「詳しくは知らないんだよね。なんて書いてあったの？」

「えっと、十月三十一日がケルト暦の大晦日にあたるそうで、キリスト教では諸聖人の祝日の前夜という扱いらしいです。その日は死霊や悪魔があの世から出てきちゃうので、連れて行かれないように仮装する風習があるとか」

「へえ、たしかにおもしろいね。……うまく活用したら仮装用の衣装が売れそうだ」

海外にも支店を出した呉服問屋の頭領としては、つい商売の算段を始めてしまう。ハロウィンという宗教行事自体は日本人にとって魅力的とはいえないが、仮装に関してはお祭りとして根付くかもしれない。一時的にでも「自分じゃない誰か」になりたがる人は多いものだから。

まずは市場調査からだな……と思いつつ、「隗より始めよ」ということでいちばん近くにいる六花に聞いてみる。

「仮装って、人間だと思われないものならなんでもいいのかな。六花なら何になる？」

「僕ですか……？」

ぱちぱちと目を瞬いた六花が考えこんだ。

「思いつかないです……。旦那様は、僕に何になってほしいですか」

「六花は六花のままがいいよ」

「！」

やわらかな栗色の髪を撫でながら本心を答えると、ふわりと白い頬が染まる。愛らしい色に吸い寄せられるように唇を寄せつつ、もう少し検討した。

「でも連れて行かれてしまったら困るから、強いて挙げるなら……ゆきんこかな」

「ゆきんこ、ですか。和風ですね」

意外そうにしている六花の頬や耳を甘噛みしながら、桐一郎はくすりと笑う。

「六花の名前は『雪』だし、抱いて温めたらとけてしまうのも同じだろう」

「……旦那様！」

発言の含みを正しく理解した六花が真っ赤になって胸をぽこぽこたたいてきた。全然痛くないし、子どもみたいな叱り方は可愛いばかりだ。

くしゃくしゃと髪を撫でて、笑みを湛えた瞳で桐一郎は恋人に問う。

「私には何になってほしい？」

「知りません……っ」

「そうか、六花は私があの世に連れて行かれても気にならないんだね」

わざと寂しげな声で言うと、「ち、違います……！」と慌てて返した六花が楽しげな桐一郎の表情に気づいて唇をとがらせた。

桜色のふっくらした唇をそんなふうにされて、放っておける桐一郎じゃない。口づけたら逃げようとしたから、後頭部に手を回して口内までしっかり味わってしまった。

口づけをほどいて互いの唇をつなぐきらめく糸を舌で拭うと、息を乱した六花がとろとろに潤んで色を濃くした緑色の瞳で見上げてくる。まだちょっとすねた顔だ。

「旦那様は……大狗（こんぐ）だと思います」

「おや、いい気になってるかな」

「僕に関しては、かなり」

「ごめんね。でも、六花が私を愛してくれているのがわかるからこそいい気になれる」

顔中に口づけを降らせながら謝ったら、苦笑した六花が許すように肩に腕を回してくれた。こういう態度は桐一郎をいい気にさせてくれるだけでなく、愛おしくてたまらない気持ちにさせる。

ぎゅっと抱きしめたら、幸せそうに笑った六花が言い足した。

「あと、旦那様は普通の人ができないことをやってのけられますし、人を煙に巻くのがお上手なので、不思議議な力をもつという天狗がぴったりな気がしました」

「ふうん……？　ゆきんこは天狗が好きかな」

「え」

「寝床に連れ去られてもいいと思うくらいに好きでいてくれたらいいけど」

にこりと笑って小首をかしげたら、恋人がふんわり甘く染まった顔で呟いた。

「……好きだと思います」

「よかった。とかしてもいい？」

「……桐一郎様の、お望みのままに」

側仕え（そばづか）だったころの癖と控えめすぎる性格のせいで常に「旦那様」と呼んでいる六花が主人を下の名前で呼ぶのは、閨（ねや）のときだけだ。桐一郎がそうしつけた。

満足げに笑った桐一郎は、恋人に深く口づけて布団へと連れ去る。

桐一郎だけの可愛くて美しいゆきんこは、深まる夜と共に彼の腕の中でやわらかくとけていった。

【公爵は愛妻を攫う（清雅と楓）】

仕事絡みで米国領事館のパーティに招かれた清雅は、愛しい「妻」であり、有能な秘書でもある楓を伴って出席してきた。

帰りの車内で、異国の文化におおいに刺激を受けたらしい楓が美しい瞳を輝かせて、パーティ会場内で領事の子どもたちに教えてもらったという月末の行事について清雅にも教えてくれる。

「ハロウィンというのだそうです！　子どもたちが人ではないものの格好をして、訪れた先でお菓子か悪戯の二択を迫るのだとか」

「おもしろそうだな。うちでもやってみるか」

「本気ですか……!?」

「私は気のないことを言わない。よく知っているだろう？」

瞳をきらめかせた清雅に、なにやら察したように楓が嘆息する。

「私も巻き込む気ですね？」

無言で微笑み、清雅はさっそく楓に着せたい衣装を考える。男性でありながら世間的には女性として生きている愛妻は、普段から常時仮装しているような状態だ。だったら……。

十月三十一日、東笙院公爵邸で身内だけのハロウィンパーティを催した。

「緊張しているのか、楓」

「当たり前です……！　こんな、清雅様と同じ格好だなんて……」

「私には楓以外を妻にする気がないのだから、同族なのは当然だろう」

「でも、これは……っ」

楓がいつになく不安そうなのは、吸血鬼の衣装で男装しているからだ。艶のある革靴の先まで清雅と完全におそろいで、髪型だけが違う。楓のつややかな黒髪は後ろでひとつにまとめられ、繻子のリボンを結んでいる。

いつもたおやかに美しい楓だが、男装すると凛とした魅力が増してこれもいい。

「心配ない。よく似合っているぞ」

「似合っていていいんでしょうか……」

「悪いはずがない。夫が『妻』に惚れ直しているくらいだからな」

ふ、と笑って保証すると、ほんのり頬を染めた楓が清雅の差し出した手を取る。緊張を感じさせる冷たい手をやさしく引いて、清雅はホールの扉を開けた。直後。

「きゃあああ！　楓様っ、なんたる麗人ぶり……！」

数カ月前に秋月侯爵家に嫁いだはずの妹の麗子の歓喜の悲鳴が響き渡ったと思ったら、母親と一ツ橋伯爵夫人も手に手を取って盛り上がる。

「ああいけません、見つめられたらくらくらしてしまいますわ！」

「写真屋をっ、写真屋を呼ぶのです！」

「しゃ、写真まで……!?」

楓は驚愕(きょうがく)しているけれど、こうなるのは予想済みだ。しっかり写真屋も呼んである。

「一枚くらい、男装の楓を記念に残しておくのもよかろう」

ふ、と笑って楓の細い腰を抱き寄せたら、奪い取る勢いの麗子たちに取り囲まれた。

「一枚では足りませんわ!」

「ほかにもお衣装を用意しますから、お着替えして撮らせてくださいな!」

「ああ何を着ていただこうかしら。ハロウィンっていいものねえ」

「いえ、あの、その……」

おろおろと見上げてくる楓が愛らしくてずっと眺めていたいくらいだが、助けを求められているのがわかったから清雅は「妻」の親衛隊と化している女性陣をたしなめた。

「楓はこの格好ですらしぶしぶだったんだ。あまり無理をさせたら二度と男装してくれなくなるかもしれないぞ」

「それは困りますわ……!」

綺麗に声をそろえる彼女たちは、勢いは台風のようだけれどよくも悪くも楓に弱い。面倒なのと同じくらいに扱いやすいのだ。

ふと目を上げたら、公爵家の菓子担当のシェフが腕をふるった菓子が美しく飾りつけられているテーブルのそばに立つ長身の男前と視線が合った。

麗子の夫となった、秋月侯爵こと剛幸だ。清雅より年上の彼とは華族の務めでもある貴族院議員として知り合い、この国をよくするために目指す方向が似ているため共闘することもある。友人というほど親しくはないが、信用はしている。

麗子とは先方から見初められたうえでの見合い結婚だったのだが、年が離れていることもあっておらかかつ大事に愛されているというのは妹本人から聞いている。実際、さっきの麗子のはしゃぎぶりを見ても驚いていたのはわずかな時間で、「楽しそうでなにより」と目を細めて眺めている。どこか人をくったようなところのある彼のあんな表情は初めて見た。

少し話そうかと思ったら、大きな荷物を抱えた写真屋が助手と共にやってきた。

ハロウィンパーティは仮装必須にしていたのだけれど、初めての仮装、しかも公爵邸で行われるということでみんな似たような衣装——礼装寄りの吸血鬼と魔女ばかりだったから、やけに統一感のある集団写真になった。

「来年は籤引きで衣装を決めるのもいいかもしれないな」

「たしかに、そのほうが多様な仮装を見られそうですね」

ふふっと笑って楓が狙いを理解した返事をくれる。最初は不安げだったけれど、仮装姿を麗子たちが大喜びしたおかげで安心してハロウィンを楽めるようになったようだ。

撮影後はビュッフェ形式で菓子とお茶を楽しんだ。

楓が気に入っている栗のケーキを皿にのせてやろうとしたら、ぐいと遠慮なく愛妻との間に割り込んできた魔女がいた。麗子である。

「お姉様、本当によくお似合いですわ……！」

「あ、ありがとうございます」

うっとりと見上げてくる義妹にたじたじになりながらも、楓は微笑みを返す。と、美貌の吸血鬼にすいと身を寄せた魔女がとんでもない質問をしてきた。

「ところでお姉様、お胸はどうなさっているのです？」

「……っ、わ、私はもともとあまり豊かではありませんので……」

かあっと赤くなりながらもなんとか答えた楓を抱き寄せて妹から取り返し、清雅はにやりと笑って助け舟を出した。

「晒(さらし)で締めた。あとでしっかり揉(も)んで戻してやらねばな」

「……っ」

愛妻の頬がますます綺麗に染まる。

「まああ、お兄様ときたら、なんたる破廉恥(はれんち)！」

「楓限定だから許せ」

自分のはしたない質問を棚に上げて叱ってくる麗子にしれっと返し、清雅は話題を変える。

「それより、おまえは夫を放置しすぎじゃないか？　楓に同じ真似をされたら私なら耐えられないが」

ぽっと頬を染めた麗子があごを上げて反論した。

「お兄様と違って、剛幸様は寛大でいらっしゃるの。私が何をしても可愛いって言ってくださるんだから」

「そのとおりです」

あっさり同意したのは剛幸本人だ。「剛幸様……！　聞いてらしたの」と慌てる麗子をおもしろそうに、愛おしげに眺めている。

軽い世間話を交わしたあと、剛幸が改めて楓を見つめてしみじみと呟いた。

「清雅殿の奥方は、どことなく私の弟の伴侶に似ていますね」

「ほう？　楓ほど私の心を震わせる麗人にはほかに会ったことがないが」

「き、清雅様……！」

真顔で半分冗談に包んだ本心を告げると、楓が困り顔で袖を引く。剛幸が笑った。

「いや、失敬。当然そうでしょう。ただ、弟の伴侶も性別を超越した絶世の美貌の持ち主なんですよ。そういう格好も似合いそうだから送ってやるのも楽しそうだな、と思っているところです」

「仲がよいのだな」

「からかうといい反応を見せてくれるので、私は弟たちが好きですがね」

にやりと笑う剛幸に、清雅は察する。弟たちはこの男を面倒だと思っているに違いない。好き嫌いは別として。

なにはともあれ、仮装パーティとしてのハロウィンは大成功だった。甘いものが好きな楓が幸せそうに食べる姿を見たくて、たびたびお薦めの菓子をひとくちぶん口許まで運んでやっていたら困り顔で叱られる。

「自分で食べられますから……！」

「それをあえて食べさせてやるのが楽しいのだろう」

「わかります」

即答で同意をくれた剛幸も麗子にあれこれ食べさせてやっている。麗子はというと、「あら、本当に美味しいですわね……！」と素直に喜び、「お姉様、ぜひこちらも召し上がって」と清雅の楽しみを奪おうとしてくるのが困ったところだが。

断りきれない楓がほぼ全種類を制覇したころ、足許をふらつかせて清雅に寄りかかってきた。

「どうした、腹が苦しくなったか」

支えてやりながらのぞきこんだ愛妻の顔が、照れているときとは違う感じで染まっていることに気づいて清雅は目を瞬く。――上気した頬、うっすら潤んだ瞳。まさか。

「酔ったのか……!?」

「そんなはずは……。お酒なんて、飲んでないですし……」

楓は困惑しているが、菓子の中には酒を使ったものもいくつかある。特にブランデーケーキは父である公爵の好みに合わせて酒精の度数が高いまま作られていたはずだ。

「しまったな……。桐一郎殿が酒に強いから楓も問題ないかと思っていた」

「すみません……」

「謝ることはない。ちょうど写真撮影も終わって母上たちも楓に満足したようだし、移動するか」

ひょいと抱き上げると、慌てた顔で楓が止めてきた。

「いけません……っ、清雅様は主催ではないですか」

「あとは北山（きたやま）に託すから心配するな。それに、色っぽくなっている楓を衆目にさらしておくなど耐えられない」

「……！　も、申し訳ございません……、そんなつもりは……」

「謝ることはないと言っている。頬を上気させた楓がこのうえなく色っぽく見えるのは、別なときの表情を重ねてしまう私の目のせいだからな」

赤い顔を隠すように肩にうずめてきた楓の髪にくすりと笑って口づけを落として、清雅は大股でホールから抜け出す。心得顔で頷いた執事にあとを任せて寝室へと向かった。

吸血鬼になっても麗（うるわ）しい楓の男装姿はみんなに分けてやってもいいけれど、乱れた姿を見られるのは清雅だけの特権なのだ。

【箱庭ろまんす（壮慈と玉緒）】

十月末日の夕方、壮慈の屋敷に兄の剛幸から贈り物が届いた。

添え状には力強く秀麗な文字で「Happy Halloween」とあり、百貨店の箱の中身の意図を端的に表している。が、ハロウィンを知らない玉緒とキヌは箱から中身を出しながら首をかしげていた。

「お菓子と……これはなんでしょう？」

「舞台で見るようなお衣装でございますね」

「仮装用の衣装だと思うよ。アメリカのハロウィンは、特に子どもたちが人ではないものの格好をして近所を練り歩く行事になっているそうだから」

「どうしてまたそんなことを……？」

きょとんとしている玉緒とキヌに、壮慈は実家にいたころに米国出身の知人に招かれて参加したハロウィンパーティの経験と、本で読んだ歴史の知識を交えて説明する。異国情緒あふれる行事は玉緒の好奇心を刺激したようだ。

「おもしろい行事ですね。衣装も興味深いです」

さっそく畳に衣装を広げて、大きな瞳をキラキラさせながら画帳に筆を走らせ始めた。

兄が送り付けてきたのは、黒尽くめながらも西洋の貴族が身に着けるような衣装——おそらくドラキュラ伯爵——と、頭巾付きの外套と杖を備えた魔法使い。さらに、「急な思い付きゆえこれくらいしか用意できなかったが、「楽しんでくれ」と鬼の面と黒い毛皮製の小物。小物は紐で着脱できるようになっていて、猫の耳としっぽを模しているようだ。

「まったく、いい趣味をしてるな……」

呆れ顔で嘆息してしまうけれど、この場に剛幸がいたら皮肉をわざと無視して「そうだろう」とにやりと笑うに違いない。真剣に取り合うだけ面倒な兄なのである。

(まあ、タマが喜んでいるからいいか)

キヌも「このお菓子は香りがよくてたいへん美味しゅうございますわね。お茶を淹れてきます」といそいそと台所に向かったから、今回の贈り物は悪くなかったといえる。

鼻歌混じりで筆をふるっている美しい恋人を目を細めて飽きることなく眺めていたら、ふと顔を上げた玉緒がぱっと頬を染めた。

「先生……！　ずっと見てらしたんですか」

「うん。楽しそうな玉緒はいつにも増して可愛いからね」

にこりと笑って返すと、返事に困った様子で筆を置く。

「もう描かないの？」

「……先生にそんなお顔で見られていたら、胸が高鳴って描けません」

うらめしげな可愛い顔で、可愛いことを言う。

ふふ、と笑って手招いたら、素直に膝にのってきた玉緒が思わぬ誘いをかけてきた。

「あのお衣装、せっかく剛幸様にいただきましたし……、着てみませんか」

「タマは付き合いがいいねえ。どっちを着たいの？」

「あ、僕が着たいっていうより……先生が着ているところを、見てみたいんです」

壮慈の洋装が見たいらしい。

そういえば玉緒の前で洋装になったことはなかったな、と気づいた壮慈は、恋人の願いを叶えるために仮装するのを受け入れた。体に合わせた作りで釦（ボタン）などが多い洋装は窮屈で面倒だけれど、恋人が大喜びで感激してくれたから仮装した甲斐があった。

一方、玉緒もフリルのブラウスと黒い膝丈のズボンの上から頭巾付きの外套を羽織り、杖を持って魔法使いになったのだけれど、愛らしくも妖（あや）しい魅力が増して最高だった。

いつもと違う格好は新鮮で、いろいろ盛り上がってなかなか楽しいものだな……と満足して眠りについた、数時間後。

「せん、せい……っ、そこ、だめです……っ」

息を乱した恋人が制止を願うけれど、濡れた声が甘える響きを帯びているから逆に煽られてしまう。

「ここ？　駄目なの？　気持ちよすぎる？」

こすこすと黒いもふもふのしっぽの付け根をさすると、「んにゃあぁあんっ」と甘く感じ入った鳴き声をあげて玉緒が達した。

壮慈のあぐらの上に背中から抱かれている恋人の頭には、ぴくぴくと余韻に震えている愛らしい三角の猫耳、ごろごろ鳴る喉には飼い猫の証（あかし）の鈴。ゆるんだ帯の少し下、小ぶりでまろいお尻を包む寝間着には専用の隙間があって、そこから感情豊かに動くふわふわの黒くて長いしっぽが伸びている。

拾ったときから猫のようだと思っていた恋人は、半分黒猫になっても世界一美しくて愛らしくて魅力的だった。普段から猫可愛がりしているけれど、可愛がれる場所が増えているから腕が鳴る。

「もっとしてほしい……？」

「ん、にゃあ……」

猫らしい鳴き声でとろけた返事した玉緒が、すりっと首筋に甘えてくる。

くすりと笑ってやわらかなもふもふの耳を指先でくすぐるように中まで弄（いじ）り、濡れやすい玉緒の果実さながらにしっぽも愛撫すると、甘い声をあげながら腕の中でとろとろにとけていった。

可愛くて、可愛くて、本当に食べてしまいたい。

はむ、と三角の耳を甘噛みすると、びくびくと過敏に身を震わせた玉緒が潤んだ瞳でねだってきた。

「せんせい……っ、もう、なかに……っ」

「僕のがほしいの？　いいよ、自分で挿れてごらん」

にこりと笑って向かい合わせになるように抱き直すと、玉緒は自らすんなりとした白い脚を開いて壮慈の腰を跨（また）ぐ。それでいて恥じらうように猫耳を伏せ、頬を花の色に染めているのが可愛くて愛おしい。しっぽが甘えるように壮慈の腕に絡んでいるのもいい。

「……先生の角、本物みたいです」

くずおれそうな膝を支えるように壮慈の肩に抱きついた玉緒が、うっとりした目を頭に向けて呟く。

角？　と思ったけれど、そういえば兄が送ってきた和装版では壮慈は鬼だった。『桜柳の鬼』になぞらえて選んだのだろうが、玉緒の眼差しからしていい選択だったといえよう。

「さわってもいいですか……？」

「いいよ。玉緒の好きにしてごらん」

「はい……！」

うれしそうな笑みをこぼした黒猫タマが、そっと角に触れて壮慈のものを愛撫するようにそれを撫でる。

「ん……」

ぞくぞくして、思いのほか気持ちいい。下半身とも連動しているかのような快感だ。

思わず漏れた声にぱっと瞳を輝かせた恋人が、小さな舌を出してぺろぺろと角を舐めてきた。舐めていないほうは手で撫でさすられていて、快感が倍増して頭からとかされそうになる。

「タマ……っ、それ以上は、まずい……っ」

「やぅ、んにゃぁ……っ」

少々強引に口淫(こういん)をやめさせると、夢中になっていた玉緒は不満げな声を漏らしてきゅっと角を握る。

ぐっと息を詰めた壮慈は、大きく息を吐いてから恋人の可憐な蕾(つぼみ)に自身の切(き)っ先(さき)を押しつけた。

「ほら、悪戯はそれくらいにして、そろそろタマの中に入れて……？」

「あっ、あっ、ひにゃぁぁあ……っ」

ぽんぽん、と促すようにお尻を軽くたたいたら、それがよほど気持ちよかったのか玉緒の腕から力が抜けて壮慈のものをずぶずぶとのみこみながら座りこんだ。熱くうねる淫らな粘膜に包みこまれて息を呑む。

「く……っ」

あまりの快感に達してしまいそうになるものの、まだ終わりたくない。動くのを我慢して、代わりに反応のいい恋人の体をあちこち撫で回しては口づける。

「やぁ……っ、せんせぃ……っ、せんせいっ、も、とまって……っ」

切羽詰まった声、背中にたてられた爪に、愛しい玉緒にそんなに無茶を強いてしまったかと壮慈は閉じていた目を開ける。

と、壮慈の体の下でしどけなく寝間着を乱し、頬を上気させた恋人の頭にはもう猫の耳がなかった。しっぽも、首の鈴もだ。

「タマ……？　いつの間に猫じゃなくなったの？」

「ね、猫……？　先生、寝ぼけていらっしゃるんですか」

はふはふと息を乱している玉緒の中には、ずっぷりと自身が収まっている。ゆうべ盛り上がったあと、抜いてほしくないという恋人のおねだりを叶えたせいだ。玉緒が眠ったら後始末をして体を拭いてあげようと思っていたのに、うっかりうたたねしてしまったらしい。

気持ちのいい玉緒の中に納めたままだったせいで、体感を伴うあんな夢をみたのだろう。ちなみに玉緒は数時間前の余韻が残る粘膜を熱塊でこねまわされる快感と、体中を這う淫らな手のせいで目を覚ましたとのこと。

「……先生、夢の中の僕を抱いていらしたんですよね？」

「ん？　うん、そうだね」

「そういうの、駄目です」

ふくれっつらの玉緒という珍しさに目を瞬いて、ふ、と壮慈は頬をゆるませてしまう。

「夢の中のタマも僕にとってはきみだけれど、妬いちゃうの？　可愛いねえ」

「先生は、僕だけの先生です……っ」

「ああ、そうだよ。僕はきみだけのものだ」

愛おしさに笑みをこぼしながらよしよしと頭を撫でてやれば、感度が上がっているせいで玉緒がびくんと身を震わせる。中もうねって、つながっている場所からぞくぞくと震えが互いに渡った。

潤んだ瞳で見上げてくる恋人と視線を合わせて、誘うように笑む。

「お詫びになんでもいうことを聞いてあげる。どうしてほしい？」

玉緒の願いは壮慈の願いだ。

互いを愛おしみ、濃厚に交じりあいながら、ふたりだけの世界に耽溺する。

来年の衣装は自分たちで選ぶのもいいな、と思うくらいには、楽しい夜になった。

ポメガバース詰め合わせ①

もふもふ変身マジック

「こじらせ相愛トラップ」より

「崇将、ポメガバースって知ってる？」

「ポメ……？　メタバースの一種ですか？」

怪訝な顔をする崇将に、恋人の美春がくすりと笑ってかぶりを振った。

「そういう実用的なのじゃなくて、創作向けのバース設定らしいよ」

美春も『ｃｌａ』のお客様から聞いたばかりだという話をざっくりまとめると、「精神的負荷がかかるとポメラニアンに変身するが、愛情をたっぷり与えられてメンタルが回復すればヒトに戻る」というものらしい。

自他ともに認めるド理系の崇将としては、種族の壁や物理法則がどうなっているのか気になってしまう。が、そもそも創作用のアイデアでポメラニアンになる以外は作り手次第というファジー設定らしいし、ごちゃごちゃ言うほうが野暮だろう。

とはいえ、どうして犬種まで限定されているのかは気になる。

「ポメラニアン以外になるのは駄目なんでしょうか」

「駄目ってことはないと思うけど、ポメラニアンって小さくて可愛いもふもふだからビジュアルアピールが強力だし、語呂もいいから選ばれたんじゃないかなあ。元ネタはオメガバースっていうらしいし」

「ああ……、オをポに変えただけで別の世界設定が生まれたってことですか。なるほど……」

「そんなに真剣にポメガバースについて考えるの、崇将くらいだと思うよ」

美しいヘイゼルグリーンの瞳を楽しそうにきらめかせて笑う恋人は、今日も世界一美しくて可愛い。

「美春さんはポメラニアンより、ボルゾイのほうが似合いますね」

見とれているうちに頭に浮かんだ犬種を挙げたら、目を瞬いた彼が少し複雑そうな顔で笑った。

「まあ俺、身長あるしねえ。ポメラニアンっぽくはないよね」

「いえ、大きさの問題ではなくて、エレガントで脚が長くて美しくて格好よくて可愛いという意味でした」

真顔で誤解を訂正すると、色白の頬がふわりと染まる。可愛い。美しくて格好よくて可愛いなんて自分の恋人ながら最強だな、と感心する。

「抱きしめていいですか」

「い、いちいちそういうの確認しなくていいから……！」

「では遠慮なく」

さっそくソファの隣に座っている美春を抱き寄せると、ますます赤くなった彼が照れているのをごまかすように話を続けた。

「お、俺がボルゾイなら、崇将はなんだろうね。イメージとしては日本犬だけど、俺より大きいから……」

「美春さんに愛してもらえる犬種ならなんでもいいです」

「……真顔でそういう即答するの、ほんと崇将……」

ぐりぐりと肩に額を押し付けてくる恋人は、耳や首筋までおいしそうに染まっている。可愛くて、愛おしくて、かぶりつきたくなる。

いちいち確認しなくていいと言われたばかりだけれど、この確認はしなくては。

「美春さん、明日のシフトは？」

「……遅番」

確認の意味を知る恋人の体温が、腕の中でふわりと上がる。期待するかのような反応にこっちまで煽られた。

「先にお風呂ですか？」

こくりと頷く恋人はつくづく可愛くて愛おしい。

上機嫌でバスルームへと運ぶ崇将の頭からは、ポメガバースという興味のない単語は完全に消え失せていた。


数日後。夕飯の支度をしていると、玄関のほうで物音がした。

「ただいま……」

美春の声だけれど、珍しく元気がない。

気になりながらも揚げ物をしている最中の崇将は手が離せず、少し声を張って「おかえりなさい」と返して、恋人がＬＤＫに現れるのを待つ。が、いつまでたってもやってこない。

急いで揚げ物を終わらせて、眉根を寄せつつ洗面所兼脱衣所に向かった。

「美春さん……？」

開いたままのドアを軽くノックしてのぞきこむと、思いがけない光景が目に入った。

美春の姿はなく、脱皮したかのように服が床に落ちていたのだ。

セレクトショップの店長である美春は普段から服を大事に扱っていて、脱ぎっぱなしにすることはない。それ以前に、上から下までミルフィーユ状に重なって床にわだかまっている脱衣状態が異常だ。普通に脱いでこんなふうにはならない。

まるで本体だけ神隠しにあったかのような——と思いかけて、非科学的だと強くかぶりを振って否定した。

たしかに美春は一種の超常現象ではないかというくらいに常にキラキラしていて、このうえなく魅力的な造形と中身をしているが、神隠しなどありえない。というか許さない。崇将から最愛の彼を奪うなんて、何者であろうと断固拒否だ。

奇妙な事態に動揺しそうな自分を落ち着かせるべく、数回深呼吸をした。

パニックになっても無意味。状況を整理して考え、いまするべきことをするのみだ。

美春が帰宅したあとに玄関を開け閉めした気配はなかったから、彼はこの家の中にいる。どうして姿を隠したのかは謎だけれど、ひとまず美春の部屋を確認してみることにした。

洗面所を出た崇将は、再び思いがけないものを見つけて眼鏡（めがね）の奥の目を見開いた。

美春の部屋の前に、この家では初めて見る生き物――美しい亜麻色の毛並みをした、ふわふわの小さな犬がいたのだ。中に入りたそうに懸命にドアをカリカリしている。

「……ポメラニアン？」

なんでこんなところに、と思いつつ呟くと、はっとこっちを見たポメラニアンが弾丸のようなスピードで崇将の足許をすり抜けた。一瞬のことで止める間もない。

ＬＤＫに逃げ込んだのを見送り、まさか……と思いながらも念のために美春の部屋に誰もいないことを確認して、自分もＬＤＫに戻った。

また逃げられないようにドアをきちんと閉めてから、室内にふわふわの亜麻色の毛玉がいないか視線を走らせる。

小さな体を活かして見事に隠れたもふもふは、どこにいるかまったくわからなかった。あちこちのぞきこんで探しながら、美春の不在と突然現れたポメラニアンの関係性に思考を巡らせる。

（どう考えても非科学的……だが、状況を鑑みるといちばん可能性が高いのは……）

浮かぶのは、先日知ったばかりの「ポメガバース」という単語。

ヒトが一瞬でイヌになるなどあらゆる科学的制約を超越しているが、優秀な研究者である崇将は思い込みによる否定が真実を遠ざけるのを知っている。

ひとつ息をついて、ソファに腰かけた。仮説を確認するために室内のどこかにいる存在に語りかける。

「美春さん、いま、ポメラニアンになってますよね」

通常時なら自分の頭の状態を心配したくなる発言だが、現在の崇将は真剣そのものだ。

返事はなかったものの、ベランダのカーテンが小さく揺れた。おそらくあの裏に隠れている。そして、犬化しても言葉は通じるとみた。

「出てきてくれませんか?」

ためらうような間があってから、おずおずとカーテンの陰から亜麻色のもふもふが半分姿を見せた。

(かっわいいな……!)

間違いない、あれは美春だ。

つぶらなヘイゼルグリーンの瞳も、光をまとっているかのように美しくきらめくふわふわの毛並みも、会う人すべてを魅了するのが約束された完璧(かんぺき)に整った顔立ちも、どう考えても美春でしかありえない魅力にあふれている。

思わずガン見すると、おろおろと視線をゆらしたポメラニアン美春――長いのでポメ春と略す――が、自らの姿を恥じるようにカーテンの陰に戻っていきそうになった。慌てて止める。

「待ってください! 見すぎてすみません。美春さん、ポメラニアンになってもめちゃくちゃ綺麗(きれい)で可愛いから、つい……!」

ぴた、とポメ春の動きが止まる。

ほんとに……? と言いたげなうるうるのヘイゼルグリーンの瞳でじっと見つめられて、心臓を射貫かれた。

「本当です！　世界一、いや宇宙一魅力的なポメラニアンになっています！　あの、嫌じゃなかったらだっこさせてほしいんですけど……」

言い終わるより前にポメ春が弾丸ダッシュで腕の中に飛び込んできた。ソファに腰かけている崇将のところまで跳ねられるジャンプ力と、みぞおちに突っ込んできた勢いに驚くものの、しっかり抱き留める。

小さな体、ふわふわでもふもふのなめらかな毛並み。華奢（きゃしゃ）な手足。速い鼓動とぬくもりに命そのものを抱かせてもらっているような気分になって、胸がジンとした。

「はー……、ほんと可愛い……。さすがは美春さん、どんな姿でも俺の心をわし摑（づか）んできますね……」

思わずこぼれたつぶやきに、きゅうん、とポメ春が鳴く。

ほんとに……？　とまた問われた気がして、どうしてそんなに自信がないのか不思議に思いつつも笑って鼻キスをした。

「本当です。こんなに綺麗で可愛い生き物、見たことがありません。あ、当然ヒト型の美春さんを除いて、ですけど。美春さんはヒトのときもイヌのときも、誰よりも、何よりも美しくて、可愛くて、格好よくて、魅力的で、愛おしくて、比べられるものがありません」

いつもなら真っ赤になって「もういい！」と口をふさがれたりするところだけれど、ポメ春は恥ず

かしげに膝の上でじたばたしながらもしっぽを振っているから喜んでくれているのがわかる。

せっかくなので崇将はポメ春を愛情をこめて撫でつつ、普段から思っている美春への賛辞の言葉を遠慮なく伝えた。最愛の恋人への言葉、いくらでも出てくるし、恥ずかしがって止められたりもしないから、それこそ自分の研究内容について語るときと同じ勢いで熱弁をふるった。

そうして五分ほどたったころ、ぽむん、と膝の上で小さくはじけたような感じがして、撫でているものの感触が変わった。ふわふわもふもふの毛並みが、手のひらに吸いつくようなしっとりすべすべの手触りになったのである。

驚きに見開いた崇将の目と、同じく瞠目しているヘイゼルグリーンの美しい目の視線が合う。完璧な美貌をもつ恋人の、しなやかで美しい肢体が膝の上に伸びていた。

「戻ったんですね……！」

「う、うん、ありがとう崇将……って、あの、もう戻ったから撫でなくていいんだけど……!?」

「さっきとは違う意味で撫でさせてもらっています」

「え……っ、あ、やぁん……っ」

一糸纏わぬ姿の恋人が膝の上にいるのに、撫でないでいられるわけがない。感じやすい胸の突起を指先でとらえ、もう片方の手では細い腰を撫でる。

もふもふ姿のときのうっとり、気持ちよさそうにしているのも可愛くて愛おしかったけれど、愛撫の手に過敏に震えて反応してくれるのも最高に煽られて愛おしい。

「……そういえば、どうしてポメラニアンになったときに隠れようとしたんですか？」

崇将の愛情に満たされないとヒトに戻れないと知っていたはずなのに、と矛盾した行動の疑問をぶつけると、崇将の手に息を乱して、ヘイゼルグリーンの瞳を色っぽく濡らしてる美春が長いまつげを伏せた。

「……似合うって言ってもらってた姿じゃ、なかったから……」

まばたきをして、気づいた。

ポメガバースの話をしたときに、崇将が「ボルゾイのほうが似合う」と言ったからポメラニアンになったのを恥じてしまったのだ。あんなに美しくて可愛い姿になってもなお、崇将の何気ない一言を大事にして……大事にしすぎてしまう恋人。

「ああもう、美春さん可愛すぎます……！」

苦しいほどの胸の高鳴りを伝えたくて、胸が重なり合うようにきつく抱きしめる。ほっとしたように息をついた恋人が、美しい瞳で崇将を見つめて甘い声で囁(ささや)いた。

「……キス、してもいい？」

「してください」

むしろそんな確認なんかいらないのに、と笑う崇将の唇に、やわらかく、美しい唇がごく軽く触れる。

あまりにも軽くて、遠慮がちな感触に逆に煽られた。

形のよい後頭部を摑んで、ぐっと押しつけるようにしてキスを深める。甘い口内を存分に味わい、遠慮なく堪能して――。

「んっ、んんー……っ」

止めるように胸をたたくこぶしの感触に、しぶしぶ唇をほどいた。

目を開けると、真っ赤な顔で、ヘイゼルグリーンの瞳を潤ませた美春が困惑した様子でソファの脇に座りこんでいる。

数回まばたきをして、いちばん最初に浮かんだ疑問を崇将は口にした。

「いつ服を着たんです？」

「ず、ずっと着てたよ……!?　ていうか崇将、いつから起きてたの？　珍しくうたたねしてるから、邪魔しないいつもりだったけど……ちょっとだけキスしたら、べ、ベロ、入れてくるし……っ」

狸寝入りしてるなんてずるい、と恥ずかしがっている恋人が可愛すぎて衝撃的だ……じゃなくて、彼の発言のおかげで状況をだいたい理解した。

夕飯の支度を終えたあと、美春の帰りを待っているうちに崇将はソファでうたたねをしてしまい、ポメガバースの夢をみていたのだ。

脳は眠っている間に情報を適当に引っ張り出してはミックスさせつつ整理するというけれど、あんなにクリアな夢をみたのは初めてだ。なかなか興味深い体験だった……というのはさておき、それ以上に興味深いのは恋人の悪戯(いたずら)だ。

眠っている崇将にこっそりキスしてくれたのも、夢とシンクロする運命的なタイミングだったのも、恋人への愛おしさがあふれてしまう。無自覚で喜びに満ちた笑みがこぼれた。

「崇将……？」

珍しく満面の笑みを見せている崇将にきょとんとする美春の首に腕を回して、引き寄せながら心からの言葉を囁く。

「愛してます、美春さん。俺はあなたがあなたである限り、どんな姿でも愛してしまいますから、何も心配しないでください」

「う、うん……」

突然の甘い言葉に戸惑いながらも、素直に頷いた美春の頬がふわりと染まる。胸にあふれる気持ちを誓うように、崇将は恋人に口づけた。

ポメ化有効活用クリニック

ポメガバース詰め合わせ②

「純愛スイーツ」パラレルワールド番外編

「倉橋先生、コメちゃんがいらっしゃいました！」

約一年前に友人たちと共同で開業した動物病院の診察時間が終了しようかというころ、受付担当のスタッフから啓頼に内線で連絡が入った。

ガタッと椅子を鳴らして立ち上がり、啓頼はダッシュで待合室に向かう。恋人の森原己牧——通称「こまちゃん」が完全に「コメちゃん」になる前に迎えるためだ。

こまちゃんとコメちゃんの違いは、ひとことでいうとビジュアルにある。

こまちゃんはヒトで、コメちゃんはポメラニアンだ。どちらもめちゃくちゃ可愛いという点だけは共通している。

この世界にはポメガ体質というものがあり、強いストレスにさらされるとヒトからポメラニアンに変身する。物理法則や種の分類に反した現象や各種メカニズムについては世界中でいまなお研究中だが、確実にわかっているのは放っておくと変身がとけるのに時間がかかり、やさしく撫でたり可愛がられたりすると早く戻る。ストレスの緩和が重要なのだ。

己牧が仕事中の啓頼の元にやってきたのは、ポメ化してもすぐにヒトに戻るため……ではない。むしろ逆だ。

「こまちゃん！」

「あ、ヒロさん。お疲れ様です」

待合室に駆けこんできた啓頼に向かってにこっと笑った己牧は、まだヒト型だ。ほっとしつつ啓頼は受付のスタッフにほかのドクターたちへの伝言を頼んで、小柄な恋人を小脇に抱えるようにして自分の診察室へと連れてゆく。

「大丈夫？」

「はい。でも、そろそろっぽかったんですぐに来てもらえるタイミングでよかったです」

長椅子に己牧を座らせた直後、そこにいたはずの恋人の姿が一瞬にして消えた。……いや、正しくは消えていない。「変身」したのだ。

「……ぷふーっ」

長椅子の上にわだかまった服の中心から小さな鼻先を突き出したのは、ふわふわもふもふの真っ白いポメラニアン――コメちゃんだ。

ちなみにコメちゃんという名前は、この動物病院のスタッフたちが「こまちゃんが変身したポメ」を略して呼ぶようになったものだったりする。お米のように白い、というのも掛けているとか。

ヒト型こまちゃんもびっくりするほど可愛いが、とろけるふわふわの生クリームのようなポメ姿のコメちゃんも同じくらい可愛い。

隣に座って抱き上げようとすると、自分からよちよちと啓頼の膝に乗ってくる。もう本当に可愛すぎてくらくらする。

抱き上げて、鼻キスをした。

「ほんとはコメちゃんになる前に何があったのか聞きたかったけど、あとで教えてね。とりあえず、人前でこまちゃんがヌードにならなくてよかった」

「くふん」

本気で言っているのに、己牧――現在コメちゃんは「なに言ってるんですか」と呆れたようにポメの顔で笑う。

全身をふわふわの毛で覆われているポメ体のときは全裸だろうが本人は気にならないらしいが、恋人としては、やっぱりなんだかすごくとっても抵抗感があるのだ。可愛いアレやコレを見られたらどうするのか、と。

（まあ、病院にやってくるほかの動物たちがヌードでも何も思わないんだけど）

むしろ思っていたらちょっと危ない人である。

手触りのいいふわふわの被毛を愛しく撫でていたら、気持ちよさそうにとろりととけかけた生クリーム系もふもふが、ぱっとつぶらな瞳を見開いた。

「きゅ！」

意思を感じさせる声で小さく鳴いて、啓頼の膝からシュタッと床に下り立つ。小さなマズルで促す動きをされて、啓頼は頷いた。

「今回もよろしくお願いします」

「きゅう」

まかせて、というように頷く恋人は、コメちゃんになっているとき限定で動物病院の助っ人として働いている。

ポメ化すると、動物病院のドクターなら誰しも憧れるドリトル先生の能力——動物たちと意思疎通する力を発揮できるからだ。

動物たちは不調を人間の言葉では伝えられないし、野生の名残なのか隠しがちだ。治療という概念がないから医者や動物病院そのものが嫌いなタイプも多い。

だから病院スタッフは動物たちをよく観察して、検査結果と経験と想像力をフル活用して、全力で治療と予防に当たっているけれど、やはり直接意見を聞けたり、こちらからの意見を伝えて説得してもらえたりするとものすごく助かる。

恋人としては己牧がポメ化するほどのストレスを受けるのは嫌なのだけれど、動物病院のドクターとしてはありがたいという矛盾を抱えている。

そんな啓頼に、恋人は「ヒロさんと動物たちの役に立てると思うとポメ化するのが嫌じゃなくなりました」と明るく言って、ポメ化しそうなときは「使ってください」と病院に来てくれるようになった。

「……こまちゃん、ありがとう。大好きだよ」

そっと小さな体を撫でると、「きゅう!」と強めに鼻を鳴らして叱られた。

「ごめんごめん、俺が撫でるとすぐヒトに戻っちゃうって言ってたよね」

「くうん」

こっちこそすみません、でもちゃんと役に立ってから戻りたいので……とポメ姿なのに全身で雄弁に伝えてくるコメちゃんに頬がゆるむ。

人語は話せなくなっても、恋人とのやりとりにはなんの問題もない。ただ、問診時に判断ミスをするわけにはいかないので診察用にYES・NOのパネルは作った。

診断が難しい症状への問診、入院中の動物たちに聞きたいことなどを啓頼がコメちゃんに聞いてもらい、動物たちからもらった返事をコメちゃんがパネルを使って伝える。

返事の内容が複雑なときはもふっと小さな前脚でパソコンを打ってくれるのだけれど、さすがに打ちにくいようなのでYES・NOで答えやすい形の質問を考えるのが大事だ。

今日もコメちゃんと一緒に気になる動物たちから話を聞いた。

「きゅうん、くう？　きゅううう……ふん、きゅふん」

「んにゃあん、にゃっ、な〜う、にゃごっ、にゃあんぐるる」

「カリカリはNO？　飽きたってことかな？」

「きゅう！」

傍(はた)から見たら鳴きあう動物たちとYES・NOパネルを手にポメラニアンに質問するドクターという図、異様だけれど本人たちはいたって真剣である。

そうして三十分ほどたつと、カメレオンの問診を終えたコメちゃんが訴える表情で啓頼を見上げた。

「きゅうん」

「ん、お疲れさま」

そろそろヒトに戻りそうなのだと察して、啓頼はふわもふのコメちゃんを抱きかかえて自分の診察室に戻る。

「今日もたくさん頑張ってくれてありがとう。もう甘やかしていい？」

「きゅふん」

許可を得て、さっそく長毛種用のブラシを取り出した。とろけるふわふわの被毛が、よりいっそうふわふわになるようにブラッシングする。

「きゅう〜〜ぅふ」

満足げな声を漏らしたコメちゃんがとろりと膝の上で伸びてゆく。

「ここ？　こまちゃん、こっちも好きだよね」

「ぷふぅ〜」

こまちゃんは啓頼の手が好きだけれど、コメちゃんも同様だ。グルーミングされるのも、撫でられるのも気持ちいいようで、温めた生クリームのようにとろけてゆくのがたまらなく愛おしい。もっと気持ちよくしてあげて、もっととかしたくなる。

「可愛いねえ、こまちゃん」

「ぷう」

もにゅもにゅと小さな顔をマッサージしながら鼻キスすると、ぽむん、と魔法のように恋人の体がヒトに戻った。

啓頼の手で両頬を包みこまれた己牧が大きな目を瞬く。ちなみにすっぽんぽん。

「……っ」

ぶわ、と全身を染めた恋人の肌からほのかに甘い香りが立ちのぼる。

彼がパティシエだからこその残り香なのかもしれないけれど、素肌そのものが発しているような気もする。

甘いものが大好きな啓頼が我慢できなくなる、そそる香り。

ふっくらした唇もおいしそうで思わずちゅっと口づけると、己牧がますます赤くなった。

「ヒロさん、服……っ、持ってきてますので……っ」

「うん。めちゃくちゃおいしそうだけど、うちまで我慢しなきゃね」

腕を伸ばして己牧のバッグを引き寄せ、残念に思いながらも手ずから啓頼は服を着せてあげる。もちろん下着のパンツもだ。

「ぱ、パンツは自分で穿きますから……っ」

「えー、甘やかしていいって言ったのに?」

はむ、と唇を食みながら指摘したら、もうポメラニアンじゃないのにぷるぷる震えて垂れているもふもふの耳が見えた気がした。

可愛くて可愛くて、いますぐにでも食べたくなってしまう。

とはいえここは職場、ヒトに戻った己牧の裸体を万が一にも見られないように診察室の鍵をかけておいたとはいえ、時も場所もふさわしくない。

なんとか自制して恋人の身支度を整え、コメちゃんのおかげで問診が捗(はかど)ったと感謝する同僚たちに挨拶をしてから帰路についた。

職場から徒歩五分、ふたりで暮らしているマンションに到着したところで、己牧が思いがけないことを聞いてくる。

「帰り際にヒロさんのお友達の先生が話していたのが聞こえたんですけど、後天的にポメガ体質になる人もいるって本当ですか？」

「ああ……、そういう例が最近出たみたい。でもまあ、こまちゃんが動物たちと意思疎通できるのと同じくらいレアケースらしいよ」

そう、ポメガ体質にもいろいろあって、じつはコメちゃんの能力は珍しいのだ。動物病院のドクターである啓頼の恋人がドリトル先生能力保持者のポメガ体質なのは、まさに僥倖(ぎょうこう)なのである。

それにしても急にどうしたのかと思えば、さっきの「甘やかし」が原因だった。

「ヒロさんがポメ化したときは、僕がめちゃくちゃ甘やかしてあげますからね……！」

ほんのり赤い顔で、甘い言葉ですごまれた。大人なのにパンツを穿かされたのがよほど恥ずかしかったらしい。

たとえ啓頼がポメガ体質になったとしても、パンツを穿かせてあげる段になって恥ずかしがるのはどうせこまちゃんのほうなのに……と思いつつ、にこりと笑う。

「そのときはよろしくね」

その日の夜、「俺がポメガになった場合の練習してみる？」と啓頼の下着を手渡された已牧が真っ赤になってポメ耳を生やしたのは、局所的ポメ化の新発見だった。

ポメガバース詰め合わせ③

計画的ポメ化チャレンジ

「はじめての恋わずらい」パラレルワールド番外編

ストレスが限界を超えるとポメラニアンになってしまうという不思議な体質——通称ポメガについて知識では知っていたものの、身近にいなかったから聡真にとってはツチノコや宇宙人と同レベルの存在認識だった。

ところが、思わぬところから実在を保証する人物が現れた。

「うちの一族、じつはポメガ体質なんだよね」

一緒にお酒を飲んでいた秋の宵、ほろ酔いになった恋人の直史がぽろりと漏らしたのである。

「……ポメガって実在するんですか？」

「するよ～。ちょっと待ってて……ほらこれ、文都くんがポメってるとこ」

唐突すぎて理解が追いつかない聡真に、直史はスマートフォンに保存されていた画像を見せてくれる。

つやつやかに黒い、ふわっふわの小さくて可愛いポメラニアン。潤んだ大きな瞳、整った顔立ちは直史の甥の文都にたしかに似ている——ような気がしなくもなくもないが、聡真の感覚ではあくまでも犬は犬、人は人だ。

これは完璧に犬。文都との同一性を感じられない……と思っても、「ポメ化しても可愛いよねえ」と甥っこ自慢をしている直史こそが可愛いし、そんな彼を否定するようなことは言いたくない。

話題を変えつつポメガの実在証明になりうる質問をしてみた。

「じゃあ直さんもポメラニアンになれるんですか？」

「うん。でも僕、あんまり落ち込まないタイプのせいかめったにならないんだよね」

えへへと笑っての返事は、直史じゃなかったら上手に逃げたな、と思うところだ。でも、いつも機嫌よく前向きな恋人をよく知っているからこそ納得できた。

「ああ……、ストレス性の症状ですもんね。じゃあならないほうがいいです。直さんがポメ化したらめちゃくちゃ可愛いとは思いますが」

何気なく漏れた最後の本音に、思いがけずに直史が食いついた。

「僕のポメ姿、見たい？」

「え、はい……。でも、そんなに自在になれるものなんですか？」

「できるかどうかわかんないけど、聡真くんが見たいならやってみる！」

ぐっ、と両のこぶしを握って決意表明する恋人の可愛さとけなげさに胸を射貫かれた。

たとえすべてが酔っぱらいの戯言でもかまわない。そもそもポメガの実証に関してはただの好奇心だし、ポメ化しなくても恋人は世界一可愛い。

「ポメ化できたあかつきには、俺が責任もって溺愛してヒトに戻しますね」と約束して、直史のポメ化チャレンジを見守ることになった。

「どうやってポメ化するんですか？」

「ちょっと待ってて」

そう言って直史が最初にしたのは、普段は『三毛屋』の在庫管理と取引くらいにしか使っていないノートパソコンの電源を入れることだった。

何か検索して、しばらく熱心に読んでいると思ったら……ぐすんと洟をすすった直後、その姿が一瞬にしてもふもふのミルクティー色の小さな毛玉に変わった。

やわらかくとろける風合いの長い被毛、しょんぼりと伏せたふわふわの丸っこい三角の耳、力なく垂れたもふもふのしっぽ、うるうるしたつぶらな瞳、ちょこんと見えているピンク色の小さな舌。

(嘘だろ、本当にポメラニアンになった……!)

目の前で変身されても信じがたい現象だけれど、直史の服だけが抜け殻のように残っているし、ミルクティー色のめちゃくちゃ可愛いポメラニアンにはたしかに恋人の面影と引力がある。——特に動物好きではない聡真の庇護欲をそそり、大事に可愛がって幸せにしてやりたいと思わせるのだ。

「直さん」

おいで、という気持ちをこめて呼ぶと、ふわふわの毛玉が弾丸ダッシュで聡真の胸に飛びこんできた。

思っていた以上の勢いに少し驚くものの、抱き留めた小さな体はとろけるふわふわもふもふ、本体部分は頼りないほど華奢で、生き物ならではの鼓動とぬくもりをダイレクトに感じる。

(なんか、すごいな……)

ポメガ体質の神秘に感心するものの、「きゅうん」と悲しげに鳴くポメ直史の潤んだ大きな瞳と目が合ったら、庇護欲と愛おしさが研究心を凌駕した。

落ち込むことでポメ化しているのだから、早く元気づけてあげなくては。

鼻キスをして、恋人に対するとき限定のやわらかな声で囁く。

「ありがとう直さん、ポメ化して見せてくれて。めちゃくちゃ可愛いです。やっぱり人間の直さんがあれだけ魅力的だから、ポメになっても魅力的なんですね」

ふわふわの被毛を愛しく撫でながら話しかけ、小さな脚をにぎにぎしたり、「きゅふ〜」と気持ちよさそうにしているところをマッサージしたりしているうちに、ふわふわもふもふの小さな体が膝の上でとけていった。

猫は液体というけれど、ポメも同じなのだろうか。安心しきってふわふわのおなかを見せ、幸せそうに身をゆだねてとろけているのがめちゃくちゃ可愛い。

くああ、と大きなあくびをしたポメ直史がとろりと目を閉じそうになったら、ぽむんと軽い衝撃と共に膝の上の存在がサイズと重量を変えた。

「へえ……、こんなふうに戻るんですね」

「ん……？　あ、ほんとだ、戻ってる」

こしこしと目をこすりながらも、まだヒトの感覚が戻っていないのか直史はなめらかな白いおなかを無防備にさらしたままだ。さっきまでのふわふわとは違う、手に吸いつくような肌ざわりも気持ちよくて撫で続けてしまうけれど、直史はうっとりと聡真の手を受け入れている。

普段から快楽に素直な恋人ではあるものの、まだ完全にヒトに戻っていないせいか動物的な本能が強いのかもしれない。すっぽんぽんなのに隠す気配もなく甘えてくる。

すり、と聡真の引き締まった腹に頭をくっつけてきた直史のやわらかな髪の間には、ふわふわの丸っこい三角。ちらりと確認すると尾骶骨のあたりにもふもふが見える。

「耳としっぽは最後まで残るんですね。……俺、この手のコスプレに興味はないと思っていたんですが、直さんだと別みたいです。ものすごく可愛い」

ふわふわの耳を指でやさしく弄りながら告白すると、ぴるぴるとくすぐったそうに動かしながらも直史が照れたように笑った。

「ほんと？　聡真くん好みならよかったあ」

「直さんはどんなときも俺好みですよ」

本心から言ってふっくらした唇にキスを落とせば、素直に口を開いた直史がキスを返してくれる。聡真の舌をはむはむと食み、懸命に舐めてくる。いつになく積極的なのはポメ化していた影響だろうか。

これはいいな……とこっちからもがっつりいきたくなったものの、気になっていることがあったのだった。確認が先だ。

さしもの聡真も魅惑的な肢体を惜しげもなくさらした恋人（ふわふわのケモ耳しっぽ付き）を膝に抱いていては話に集中できないので、自分のシャツを着せかけて隠しながら聞いてみる。

「ところでさっき、何を見てポメ化したんですか？」

大切な恋人を落ち込ませるようなものは可能な限り排除しておきたい。そうできるだけの知力と財力は持っているつもりだ。

真剣な聡真に大きな目を瞬いた直史が、ポメ化の原因を思い出したのか再びしゅんとした顔になってしまった。

「……これ、見て？」

手を引いて彼が見せてくれたパソコンの画面にあったのは——古今東西の作家の死因や遺書、筆を折った理由をまとめたサイトだった。

「これを見ると、好きな作家さんたちがもうこの世にいないのとか、書けなくなったのを実感して……もう二度と新しい作品を読めないんだって、すごく悲しくなるんだよね」

「わかります」

思わずがしっと手を握った。直史も聡真も、読むジャンルや読み方は違えど根っからの本好きだ。世の中には人の一生ではすでに読みきれない本があふれているとはいえ、好きな作家の本は別格だし、新作が読めないのはつらすぎる。たとえ千年以上前の作家だとしてもだ。

「うう、なんかまた悲しくなってきた……」

「待って直さん、俺のことだけ見て」

画面を見て瞳を潤ませる直史の顔を自分に向け、よしよしと頭を撫でてやりながら唇を重ねる。

大抵のことなら知力と財力でなんとかできる自負があったけれど、さすがに人の生死は無理だ。筆を折った作家に無理やり書かせることもできない。
でも、悲しみに共感したり、落ち込みから気をそらさせることはできる。
ひとの命はいつか終わる。だからこそ、一緒に生きていられるいまを大事にすべきだよな……とし
みじみしていたのはわずかな時間。
全裸にオーバーサイズのシャツを羽織っただけの恋人（まだふわふわのケモ耳しっぽ付き）にキス
を返されたら、ポメ化してたわけでもないのに聡真もすっかり本能優先になっていた。
これはこれで、恋人との「いま」を大事にしている幸せな時間になるから正しいよな、なんて言い
訳めいたことを内心で呟いて、貸したシャツの下に手を忍ばせる。
ミルクティー色の毛玉姿もめちゃくちゃ可愛かったし、名残で耳としっぽ付きになるなんて最高の
オプションだけれど、やっぱり恋人にストレスは与えたくない。
今後は直史をポメ化させないために全力を尽くすつもりの聡真は、最初で最後になるだろう恋人の
もふもふケモ耳しっぽを存分に堪能したのだった。

ポメガバース詰め合わせ④

ポメ恋ミスティック

「君恋ファンタスティック」パラレルワールド番外編

ストレスの限界を超えるとなぜかポメラニアンに変身するという不思議な体質、「ポメガバース」が世に認知されて数十年。研究が進んだ現在、世界人口のほぼ全員がじつはポメガ因子をもっていることがわかり、発症のメカニズムが解明されたことでポメ化を予防する薬も開発された。

予防薬のおかげで大事な場面でポメ化するという悲劇――もしくは喜劇――を避けられるようになったものの、そもそもポメ化はストレスの個人的限界を瞬間的、または累積で超えたときに起こる。ヒトに戻るにはストレスの発散・解消が必須だからこそ「心身を自衛するために人類が新たに獲得した体質」という説を唱える学者もいるくらいだ。

ポメ化を抑えこむことは、ストレスを溜めこむのと同じ。

だからこそ、予防薬自体は毎日飲んでも問題ないとしながらも製薬会社は定期的にポメ化してストレス発散することを推奨しているのだけれど……。

「ちょっと待って、景」

「はい？」

朝食後、錠剤シートを持った恋人の手を上から包みこんで遼成が止めると、眼鏡ごしに景がきょとんと見上げてきた。

「今日って何曜日？」

「土曜日ですが……」

「休みだよね」

「はい」

「予防薬、飲まなくてよくない？」

一緒に暮らして一年以上たつのに、遼成は恋人がポメ化している姿を見たことがない。景が毎日予防薬を飲んでいるからだ。

真面目(まじめ)な景のことだから仕事中にポメ化したくないのだろうし、休日にポメ化すると予定していたことができなくなるのが嫌なのだろうと思えばこそ、心配しながらもずっと見守ってきた。が、もう限界だ。

ポメ化を抑えこみ続けたら体調を崩すという研究結果が昨日ニュースで流れたばかりだし、今週末は特に予定もない。恋人の心身を守るためにもいいかげんに介入させてもらおう。

「景、最後にポメ化したのっていつ？」

さりげなく錠剤シートを取り上げつつ聞いてみたら、柳眉(りゅうび)を寄せた恋人が困ったように首をかしげた。

「覚えてないです……」

「だよねえ。少なくとも俺が知る限り、一回もポメ化してないもんね。つまり一年以上。このままだと心配すぎて俺がポメ化しそうだから、今日はポメデーにしない？」

「ポメデー……？　ていうか遼成さん、ポメガ体質じゃないでしょう」

苦笑する景に、にこりと笑って遼成は返す。

「俺もポメガ体質だよ」

「は」

「十年くらい前かな、南米旅行中にちょっといろいろあって死にかけて、そのときに発症したんだよね。いわゆる〝でかポメ〟ってやつになったんだけど、運動能力と感覚器の能力が上がったおかげで生きて帰ってこられたんだよねえ」

「……っ、な……っ、そ……っ⁉」

口をはくはくさせている景は驚きすぎてコメントができないらしい。

「大丈夫？　そんなに驚かれるとは思わなかった」

「いや、驚きますよそんなの……！　ていうか遼成さん、俺と暮らし始めてからポメ化したことないですよね⁉　予防薬全然飲んでないのに……！」

「うん。飲んでないけど、景といるだけで癒やされてるし、たぶん根が楽観的だからだろうねえ。おもしろい体験だったし、またポメ化してみたいんだけど」

けろりと言ったら、なんともいえない表情になった景がため息をついて肩を落とした。

「そうですよね……、記憶喪失になってもパニックにならずに冷静に対処できるようなメンタル最強の遼成さんなら、日常生活レベルの些細(ささい)なストレスでポメ化の危険ってないですよね。なんか、自分の弱さが不甲斐(ふがい)なくなりました……」

「えっ、ちょっと待ってよ、比較して落ち込むのよくないよ！　何にどれくらいストレスを感じるかって人によって違うでしょ？　俺だって何もない部屋に閉じ込められたらあっという間にストレス溜まると思うし」

「それは誰もがストレスを感じる状況なんじゃ……？」

「そうとは限らないよ。危険な環境に置かれている人だったらひとりになれることに安心するかもしれないし」

「うーん、そう言われてみるとたしかに……って気分になりますが、詭弁のような気がしなくも……」

「まあまあ。そんなことより、ポメデー。やろうよ」

話を戻すと、景が少し困った顔になった。

「わざとポメ化する日を設ける……ってことですよね？」

「うん。景が思いっきりストレス発散できるように俺も手伝うし」

はりきって申し出るなり、眼鏡の奥で綺麗な瞳を泳がせた恋人に拒まれた。

「いえ、大丈夫です。べつに俺、ストレスとか溜まってないですから……」

「ほんとに？　予防薬のせいで気づいてないだけじゃなくて？」

「大丈夫です」

頑なな態度は逆に怪しい。

ふむ、と少し考えた逵成は、さっき取り上げた予防薬を手ににっこりして小首をかしげた。

「大丈夫なら、今日はコレ、飲まなくていいよね」

「えっ」

「いいよね？」

「……何か企んでますね？」

「お、鋭い。じつはポメデーの実施を企んでます。ていうか本日実施します」

笑顔のままきっぱり宣言したら、こういうときの遼成が折れないのを知る恋人があきらめと無念が入り混じったため息をついた。

「もー……、俺、遼成さんにポメになったとこ見られたくないのに」

「え、なんで？」

「……ポメ化してるときって、自分なのに自分じゃない感じがするっていうか、理性より本能が優先になるみたいなんです。そういう姿を遼成さんに見られるのが嫌っていうか、恥ずかしいっていうか……」

「え〜、そんなの絶対見たい！　本能優先になってる景なんて最高じゃん。……ねえ、見せて、景？」

するりと抱き寄せて、じっと目を見ておねだりしたら、ふわりと色白の頬を染めた景に胸板をたたかれた。

「〜〜〜遼成さんはっ、俺が弱いってわかっててそういう顔と声で甘えてくるのがっ、本当にずるいです！」

「うん、ごめんね」

笑みをこぼしながら恋人の頬に、鼻先に、唇にキスを落とす。最初はすねて閉じていた唇が、自然に開くまで。――以前は歯磨きをしないとキスができなかった「綺麗好き」の景だけれど、いまでは遼成と混じりあうことが当たり前になってくれたようでいつキスしても止められない。しみじみと幸せだ。

なんとかポメデーの同意を得た遼成が用意したのは、友人たちお薦めの「前半のストレスがすごい（けどおもしろい）映画」のリストだった。

愛する景にわざとストレスは与えたくないから、フィクションを利用する作戦だ。これならポメ化しなかったとしても普通におうちデートを楽しめる。

ネットに繋いだテレビを前に、飲み物と軽くつまめる食べ物、除菌用ウェットティッシュ、ボックスティッシュにごみ箱、くっついて座るときにちょうどいい大型クッションを用意して、恥ずかしがる恋人をすっぽり腕に抱いて観賞会をスタートさせた。

予防薬で長期間ポメ化を抑えていたせいか、映画が始まって間もなく景の体に変化が起きた。

ときどき眼鏡をはずして涙を拭いているな……と思っていたら、ぽむん、と魔法のように腕の中から姿を消したのだ。

いや、正しくは消えていない。遼成の隣にわだかまった服の山がもぞもぞと動いて、中央から「ぷふーっ」とふわふわのポメラニアンが小さなマズルをのぞかせたから。よちよちと服の中から出てくる。

黒髪で色白の景は、ポメラニアンになると全体は黒く、口許(くちもと)からおなか、小さな脚にかけては白い、ふわっふわのお洒落(しゃれ)可愛いモノトーン毛玉になっていた。顔立ちは愛らしくも理知的な美ポメだ。

「おお、ポメ景は黒と白のふわふわちゃんだったんだねえ。だっこしていい？」

恋人の眼鏡をテーブルに避難させてからそっと手を差し出すと、こくんと頷いたポメ景が、ぽふ、と小さな頭を手のひらにのせた。

「うわ、かっわいい……！　ていうか景、ポメになってもめちゃくちゃ美人だねえ。俺、こんなに綺麗で可愛いポメって初めて見たよ」

「……きゅう？」

ことん、とちょっとだけ首をかしげる仕草は、「ありがとうございます……？」というときにするやつだ。もふもふの三角の耳を照れくさそうにぴるぴる動かしながらも、ふさふさのしっぽはうれしそうにふりふり揺れている。ヒトのときも好きな仕草だったけれど、ポメ景の姿で見ても最高に可愛い。

「はー……、まんま景でポメだ。最高……。撫でまくってもいいですか」

「きゅふう……、きゅっ」

なんで急に敬語なんですか、とツッコミを入れたあと、いいですよ、と言ってくれたのがなんとなくわかった。ころんとふわふわのおなかを無防備に見せてくれたのにもきゅんとする。

「じゃあ、はりきって堪能させてもらうね」

にっこり宣言して、さっそくやわらかな被毛に指をうずめた。温かくて、ふわふわで、本体部分の頼りない細さに庇護欲と愛情がふつふつと湧いてくる。

可愛いなあ、愛しいなあ、と思いながらふわふわなめらかな手触りのあちこちを丁寧に撫でていたら、気持ちよさそうに「ぷふぅー……」とため息をついたポメ景がうっとり目を閉じて、遼成の膝の上で体をとろんと伸ばした。

安心しきった姿の愛おしさに頬をゆるめた矢先、ぴるっと三角の耳を震わせたポメ景がぱちりとつぶらな目を開ける。慌てた様子でじたばたし始めた。立ち上がろうとしているようだ。

「どうしたの？」

「あっ、戻りそう？」

「きゅぅうっ、きゅ……っ」

「きゅん！」

「いいよ。このまま戻るまで撫でててあげる」

「きゅうう……っ、きゅふん！」

明らかに「駄目です」と返したポメ景が体勢を整えるなり、ぴょんと遼成の膝から飛び降りた。さっきまで自分が着ていた服のわだかまりにずぼっと頭を突っ込んで何か探していると思ったら、下着を引っぱり出す。

「……もしかして、俺の膝の上で全裸のまま戻るのが嫌だったの？」

「きゅう……」

ちょっと恥ずかしそうに頷いて、ウエストのゴムの部分を上手に嚙んだポメ景が隣の部屋に移動しようとする。意図を察してひょいと小さな体を片手で抱き上げた。

「戻るときはひとりになりたいの？　でも俺、景がヒトに戻るまで一緒にいたいし、戻ったあとも一緒にいたいんだけど」

「うるるるる」

喉を鳴らしてポメ景がいやいやをする。不思議なことに、本気でいやがっているわけじゃなくて恥ずかしがっているだけなのがポメ姿でも伝わってきた。

「ふふ、そんなに恥ずかしがることないのに。景は全身綺麗だし、俺はとっくにぜんぶ見てるんだから」

「ぷぅう～……」

照れたようにうなったポメ景が、ぺしぺしと肉球の手……というか前脚で遂成の手をたたいた。離して、というわけだ。

自分の膝の上でヒトに戻った景がしどけなく全裸で寝ころがっているのを見たいし、なんなら据え膳として美味しくいただきたいところだけれど、片手で軽く抱けるサイズの小さいもふもふを相手に無茶を言うのは気が引けた。可愛さの勝利である。

嘆息しつつポメ景を床におろし、代わりの案を出す。

「俺の膝の上で戻ってもらうのはあきらめるけど、戻る瞬間はそばにいるね」

「きゅ!?」

「何かあったら心配だから」

「きゅうう～!」

何もないからご心配なくです～! と反論するように鳴いたポメ景が、意を決したように駆け出した。ポメの弾丸ダッシュで遼成から逃げることにしたようだ。

「あっ、ちょ……っ」

そっちの襖(ふすま)は閉まってるよ、と止めるより先に気づいたポメ景が方向転換をして、別の出入口に向かった。が、そっちも景本人がヒトのときにきちんと閉めている。再び方向転換。

ポメラニアンは敏捷(びんしょう)で、駆け回るのが好きだ。

おそらくポメ景も、走っているうちに楽しくなってきたのだろう。遼成から逃げるという目的を忘れてびゅんびゅん室内を駆け回り始める。

もふもふの黒くて可愛い弾丸、ほぼ残像しか見えなくても楽しそうなのが微笑(ほほえ)ましい。本人は本能が優先になってしまったのをあとで恥ずかしがるだろうけど。

気が済むまで待っていようと座り直し、だいぶぬるくなったコーヒーを飲んでいたら、もふもふの弾丸がぶつかってきてマグカップを取り落とした。

「きゅ……っ⁉」

「あっ、ごめん！　大丈夫⁉」

慌てて抱き上げたポメ景は黒い瞳をまん丸にしていて、ピンク色の小さな舌がのぞく口ではっはっと息をしている。もふもふふわふわの毛並みの一部はへしょんとなっているけれど、コーヒー自体は冷めていたおかげで大丈夫だったようだ。

ほっとした遼成の目の前で、我に返ったのかみるみるうちにポメ景がしょんぼり顔になった。

「ぷきゅぅ……」

明らかに「ごめんなさい」だ。ふわふわの耳を伏せて、しっぽを脚の間に挟んでしゅんとしている姿も可愛すぎる。ふふっと笑って遼成はポメ景をだっこしたまま立ち上がった。

「そんな顔しなくてもいいよ。とりあえず、お風呂いこっか」

「ぷぅ……」

しょんぼりポメ景はおとなしくお風呂場への連行を受け入れる。お風呂場に着いたら自分からぽてぽてと力なく中に入って行った。

「ちょっと待っててね」

「きゅ？」

給湯ボタンを押した遼成が服を脱ぎ始めると、振り返ったポメ景がぎょっとしたように固まった。

「きゅうふ……っ⁉」

なんで、と言ってるのがわかったので「ついでに？」と小首をかしげて答えたら、もふもふの三角の耳の間にクエスチョンマークが大量に飛んでいるのが見えるような顔になる。くすりと笑って言い足した。

「あと、お風呂だったら景もすっぽんぽんになっても恥ずかしくないでしょ」

「きゅっ!?」

「はーい、もう逃げないよー。洗うのが先でしょ」

「きゅふぅぅぅ」

片手でだっこしたポメ景に温度を確認したぬるめのシャワーをかけると、哀れっぽい声を漏らしてぷるぷる震えた。わたあめに水をかけたようにみるみるうちにふわふわの被毛が減ってゆき、顔以外の本体部分が実際の大きさを現す。

「いやあ……、ポメって濡らすと本体がこんなにちっちゃいんだなーって改めてびっくりするよね」

「きゅぅぅ……」

「そんな悲しい声あげないで。やさしく洗ってあげるから」

さすがに犬用シャンプーは置いていないので、ぬるま湯でコーヒーのかかった部分を中心に丁寧に撫でて洗う。ポメ化していてもお風呂の気持ちよさを思い出したのか、だんだんポメ景の小さな体から緊張が抜けてきた。

「ぷふぅ……」

満足げなため息。ふふっと笑って抱き直し、遼成はポメ景と目を合わせる。

「こんなに小さくて華奢な体だとだっこしているだけでも壊しちゃいそうで緊張するから、早く戻ってよ、景」

ちゅ、と額にキスをしたら、ぽむんと軽い衝撃があって全裸の恋人が腕の中にいた。

「お、戻ったね」

「……はい。お世話に、なりました……」

ぎこちなくお礼を口にしながらも、恋人の白い肌が全身みるみるうちに花の色に染まってゆく。色っぽくて、美味しそうだ。

逃げないようにがっちり細い腰に腕を回して抱き寄せつつ、にっこりして確認した。

「ストレス発散できた？」

「は、はい……、それはもう」

「じゃあ今度は、俺のストレス軽減に付き合ってね」

え、と目を瞬いた景が顔を上げて、遼成の眼差しに何を見たのかいっそう頬を染めてささやかな抵抗を始める。

「遼成さんは、ポメ化しないくらいストレス感じないって……っ」

「ポメ化するほどは感じないだけで、ゼロじゃないよ。軽減って言ったでしょ。ねえ、恋人として俺のこと、甘やかしてくれるよね……？」

はむ、と甘い色に染まった耳をやわらかく噛むと、びくんと体を震わせた感じやすい恋人がまつげを伏せたあと、思いきったように顔を上げて返事の代わりにキスをくれる。

重なりあった唇でにっこり笑った遼成は、ポメ景にも本来の景にも癒やしてもらえて最高だなあ……と幸せに浸りながらキスを深めた。

キスともふもふ

ポメガバース詰め合わせ⑤

「キスと小鳥」より

ノックもなしに社長室と秘書室をつなぐドアが開いたと思ったら、とんがり帽子をかぶった全身黒尽くめの男――魔法使いの格好をした相模原が現れて、利仁は呆気にとられた。

（まだハロウィン気分なのか、こいつ……）

イトコの悪ふざけには慣れているが、オンオフの切り替えがはっきりしている相模原らしくない。違和感に眉根を寄せたのと同時に、やつがなにやら呪文らしきものを唱えた。キラキラした光が杖の先から飛んできたと思ったら、ぽんと軽い衝撃と共に体に異変が起きる。

「……は」

急に周りのものが大きくなった……いや、自分が小さくなったようだ。一瞬の浮遊感のあと立っていたのはデスクの上だったのだが、視点が低い。

困惑している利仁に、相模原がにっこりしてやたらとデコラティブな鏡を向けた。

「よくお似合いですよ、社長」

「な……、なんじゃこりゃ――！」

鏡に映っていたのは、ふわふわもふもふの明るいブラウンの毛に全身を覆われた、きゅるんとつぶらな灰青色の瞳をした小さなポメラニアンだった。丸っこい三角の耳にふさふさしたしっぽ、衝撃にあんぐり開いていてもご機嫌に笑っているような口。恋人の日向には「どこまでも伸びる脚」などとよくわからない褒められ方をされていた脚は、ちんまりと短い、獣のものになっている。

「ポメガバースというやつです。可愛くて楽しい呪いですよね」

「……いや、ポメガバースってこういうのじゃないだろ。つうか、たしか『呪い』じゃなくて『体質』って設定じゃなかったか」

どこかで聞きかじった知識で訂正すると、相模原がわざとらしく小首をかしげた。

「そうでしたっけ？」

「おまえ、絶対わかっててやってるだろ……」

じろりとにらんでやっても、神経が極太ザイルで性格に難があるイトコは反省するどころか楽しげな笑みを返してくる。

「まあ細かいことはいいじゃないですか。ふふ、いつもえらそうな利仁も小さいもふもふにしてしまえば可愛いものですねえ」

「てめえ……」

ぐるる、と凶暴なうなり声をあげて飛びかかったのに、前脚が届く前に腕のリーチの差であっさりキャッチされてしまった。屈辱だ。

「初めてポメラニアンになったのにその体を使いこなしているあたり、さすがは我がイトコです。ちなみに魂(たましい)が馴染(なじ)みきったらヒトに戻れなくなりますので、一時間以内に呪いを解いてくださいね」

「はあ!?」

勝手に呪いをかけておいて、一方的にタイムリミットをきるとか横暴にもほどがある。

あまりのやり口に唖然(あぜん)としているポメ利仁をソファにおろした相模原は、「では、私は愛しい杜羽(とわ)

との約束がありますので」といそいそときびすを返した。ありえない。こんなわけのわからないことに巻き込まれるのはまっぴらだ。

「おい、ちょっと待て……っ」

「そうそう、呪いの解き方はシンプルかつスタンダードなものですよ。幸運を」

振り返った悪い魔法使いが肩ごしにウインクを寄越してきて、気色悪さに固まった隙にまんまと逃げられてしまった。

ため息をついたものの、ポメ利仁はこれ以上相模原を追うのをやめた。

ハロウィンのときに恋人から『「魔法使いが似合う』と言われたんです」と浮かれていたからあんな格好をしてきたのだろうが、やつの本性は利仁から見たら悪戯好きの悪魔である。悪魔に頼るなんて愚の骨頂、自力で解決するべし。

（「シンプルかつスタンダード」な解呪方法ってことは、日向を探せばいいはずだよな）

呪いを解くのは愛のこもったキスというのが定番だ。

ぴょんとソファから飛び降りたポメ利仁は、ふんふんと恋人の匂い（にお）を探す。感覚もポメ化しているという予測はあたり、すぐに心惹（ひ）かれる恋人の匂いを見つけた。

底意地が悪いわりに気遣いはこまやかな相模原が魔法で社長室の両開きのドアを少し開けていたから――やつのことだから絶対に楽しんでいる――、小さなマズルと頭で隙間をこじ開けて廊下に出た。

愛しい日向の匂いを辿（たど）ってチャッチャッと走ってゆくと、エレベーターホールに行きついた。匂いは上……空中庭園へと続いているようだ。

（よっしゃ、楽勝だな）

さっそくエレベーターを呼ぼうとした利仁は、はたと止まった。

この小さなもふもふの体だと、立ち上がったところでボタンに届かない。

（くそっ、元の俺のサイズなら〝でかポメ〟にすべきだろ！）

内心で舌打ちしたものの、そもそもポメ化させられていなければ困ることもないのだ。斜め上の苦情を相模原にぶつけたことで、ポメ利仁は自覚している以上に動揺している自分に気づく。

（落ち着け、この程度のトラブルに対処できない俺じゃないだろう）

冷静さを取り戻そうと数回深呼吸して、灰青色（ブルーグレイ）の目を上げる。

場所の広さと、エレベーターのボタンと、自分のサイズを目視で確認した。――いける。

エレベーターから少し距離をとって、助走で勢いをつけてジャンプした。ぺしっ、とボタンを押すことに成功。

「っし！」

ポメ姿ながらも後ろ脚で立ってぐっとこぶし（？）を握ったら、ころんとひっくり返ってしまった。

慌てて起き上がり、誰にも見られていなかったか確認する。……よし、大丈夫。

やってきたエレベーターに乗り込んで、再び短いダッシュ&ジャンプでぺしっと屋上へのボタンを押した。

車椅子ユーザー用の高さにもボタンが設置されていてよかった。助走距離が短くてもボタンに届く。情けは人のためならず、いつ自分が必要になるかわからないのだ。

エレベーターはなめらかにポメ利仁を屋上の空中庭園へと運んだ。十数秒の浮遊感のあと、扉が開く。

ぴょんと空中庭園に飛び出すと、緑と土と花の香りに包まれた。もちろん日向のいい匂いも混じっている。

ミッションクリアまであと少し。

こもれびの中、ポメ利仁は自分にとって最も心地いい匂いに一直線に向かった。煉瓦（れんが）の道を肉球で押し返しながら風のように走る。ふわふわの体は風の抵抗を受けるけれど、かなりスピードが出るようだ。

庭園の奥、再会したときと同じ大きな林檎（りんご）の木のところに日向がいた。ベンチに座って真剣に書類を読んでいる姿も世界一可愛い。

ポメ化しているせいかうれしい気持ちを抑えきれなかった。声をかける前にジャンプして飛びついてしまう。

「えっ、うわあ⁉」

突然のもふもふ攻撃に驚きながらも、日向は腹に飛びこんできた毛玉を抱き留めてくれる。丸っこい大きな目をますます丸くして、ぽかんとした顔で呟いた。

「ポ、ポメラニアン……!?」

「きゅう！」

そうだ、と答えたはずだったのに、自分でもびっくりするくらいに可愛い声が出てしまった。ポメの声帯のせいだとは思うが、なんだか恥ずかしい。というか、相模原とは普通に話せたのにヒトの言葉が話せなくなっている。

ポメ同化の呪いがすでに進行しているのかとひやりとしたら、頭の中にダイレクトに楽しげな声が響いた。

『言い忘れていましたが、ポメ化している間は呪いをかけた本人……つまり私ですね、以外とは人語でのコミュニケーションができないようにしておきましたので。難易度が高いほうが楽しいでしょう？』

最悪だ。

顔をしかめるけれど、ふわふわのしっぽは日向にだっこされているのを喜んでぶんぶん勝手に振れている。困ったものだ。

「うわあ、可愛いねえ。どこからきたの」

にっこりしてもふもふの被毛を撫でてくれる日向こそ可愛い。

返事ができない代わりにぺろぺろと手や頬を舐めた。くすぐったそうに笑いながら日向がポメ利仁の頬やもふもふの腹を撫でてくれる。その手が思いがけないほど気持ちいい。しっぽのぶんぶんがますます速くなって、うっとり目を細めてしまう。

「……なんか、きみの色って利仁さんっぽいね。こんなに綺麗で不思議な目の色のポメ、初めて見た」

鼻先をつけるようにしてポメ利仁の顔を見た日向の呟きに、「俺だ！」と訴えたものの音声としては「きゅうん」になった。可愛い声が照れくさくてしゃべる気が失せてしまう。

大柄な利仁がこんなに小さなポメにされているなどとは思いもよらない日向は、もふもふととろける被毛を撫でながら呼び名を考え始めた。

「色は利仁さんっぽいけど、利仁さんよりずっと可愛いから……」

「きゅうん？」

なんだと、とすごんでも当然通じなかったけれど、よく考えたらヒト型のときに「可愛い」などと言われたくはないからまあいい。

「『りっくん』って呼んでいい？」

「きゅう」

べつにいいぞ、と返してやる。日向からの「りっくん」、こそばゆいと思っているのに、しっぽは勝手にぶんぶんしているから本音ではうれしいのかもしれない。

（つうか、新鮮だな）

年下の日向にこういう呼ばれ方をされることなんてないし、普段の利仁に見せるのとは違う、小さくて可愛いものを愛でる表情を向けられるのも初めてだ。かつてのことりはきっとこの眼差しと声を向けられていたのだろうが。

でれでれしている日向の様子からしてキスしてもらうのは簡単そうだった。が、ここで解呪してもらうのはまずいかもしれないと思い至る。

ポメ化したときの服がどうなったかはわからないが――床に落ちていた記憶はない――、相模原のことだから戻るときに全裸というトラップを仕掛けている可能性が高い。着替えがある社長室まで移動してもらわねば。

ぴょんと日向の膝から飛び降りて、服を軽く噛んで引いた。

「一緒に来いってこと？」

「きゅ！」

察しのいい恋人でよかった。チャッチャッチャッと軽やかにポメ利仁は日向を社長室まで先導する。

ソファに座らせ、再び膝の上に陣取った。満を持して恋人にキスしようとすると、笑いながらも日向がもふもふの体を捕まえて遠ざける。

「口は舐めちゃ駄目だよ」

「きゅ……!?」

思わぬ拒絶に衝撃を受けたけれど、そういえば「犬の正しいしつけ」としては虫歯や病気がお互いに伝染らないように口を舐めさせないというのがあった。ポメ利仁は本当は犬じゃないけれど、そんなことを知らない日向は徹底して避ける。

　まいった、このままでは呪いが解けない。

　壁の時計を確認したらタイムリミットまであと十分もなかった。さすがに焦りを覚える。

（こうなったら多少強引でも許せよ……！）

　小型犬でも勢いをつければそれなりの威力がある。床ドンならぬソファドンをして——実際は上に乗っかってじゃれている感じになって——、ちょっと強引に日向の唇に自分の口をくっつけた。

（こい！）

　ポメ化したときの軽い衝撃を待ったのに……何も起こらなかった。

「もう、口は駄目って言ったのに」と叱る日向の上に乗っかっているもふもふの小さな体に変化はなく、口から出る声も「きゅうん……」だ。

（キスじゃなかったってことか……？）

　だが、解呪方法としてキス以外にスタンダードなものは思い当たらない。——もしかしたら、相手からの愛情のこもったキスじゃないと呪いを解く効力はないということだろうか。

（強引に奪ったら、いまはコンプライアンスが問題になるしな）

　納得したものの、そうなると現状はかなりまずい。さっき叱られたのを鑑みても日向に自主的に口にキスしてもらうのは難しいだろうし、スマートフォンかパソコンを使って意思疎通を図ろうにも肉球ぷにぷにの小さくて不器用な手（前脚）になっている。

（どうする……!?）

本気で焦ってきた。たとえ自分がポメラニアンのままでも、『n－EST』は仕事に関してだけは信頼がおける相模原が共同経営者だからたぶんなんとかなるだろう。が、最愛の恋人と二度とキスやそれ以上ができないのは耐えられない。

犬としてそばにいられたとしても、ペットに向けられるピュアな愛情だけでは全然足りないくらいに利仁は日向のことを清濁併せた熱量で愛している。戻れないなんて全力で却下だ。

あと数分しかないが、あと数分はある。

懸命に解呪方法を考えていたら、無意識にうなり声をあげていたようだ。

「どうしたの？　なんかやなことあった？」

心配そうに顔をのぞきこんだ日向にやさしく抱き上げられて、ポメ利仁の息は一瞬止まった。

小さくて、軽くて、ふわふわもふもふの体。本当なら利仁よりずっと小柄で華奢な日向にこんなに簡単に抱き上げられてしまう。

愛しい日向を抱いてあげることも、守ってやることも難しい。

「きゅう……」

へにょんと無意識に耳が伏せられ、しっぽが力なくしおれたら、よしよしともふもふの被毛を撫でられた。

「元気だして」

ちゅ、とふわふわの頭のてっぺんにキスをされる。同時に、ぽんと光が散って魔法のように体が戻った。

「り、利仁さん!?」

「ああ、俺だ！　よかった、戻った……！」

安堵のあまり抱きしめると、焦った様子でぺしぺしと肩をたたかれる。

「ちょ……っ、利仁さん、なんで裸……っ!?　ていうか、りっくんは!?」

「あとで話す」

二度とキスすらできなくなるところだった直後に、裸で恋人をソファドンしているのだ。これが現実だと確かめたくなっても仕方がない。

困惑と驚きで無防備に開いている口にがっぷりとキスをして、さっそく服の下に手をもぐりこませた。手触りのいい、細い体をあちこちさわって日向を煽ってゆく。——ヒト型の恋人として存分に堪能するために。

「……っ、利仁さん……ってば！」

ぺちん、と裸の背中をたたかれて、目をすがめた利仁はしぶしぶキスをほどいた。

はあはあと赤い顔で息を乱しているのは当然日向だ。

「……なんだ」

「なんだじゃないですよ！　寝ぼけてるにしても手がやらしすぎます！　キスもがっつりだし……っ。ほんとは起きてたでしょう⁉」

「んん……？」

寝ぼけるだの起きてただの、まるで利仁が寝ていたかのような言い草だ。と思ったところで、ようやくちゃんと周りが見えてきた。

自宅のベッドの上、カーテンの隙間からは早朝らしいやわらかな光が射しこんでいる。利仁も日向も全裸だ。ゆうべ、イきすぎて気を失った恋人を風呂に入れてやって後始末まですませたあと、すっぽり腕に抱いて寝たからだ。

要するに、さっきまでのは夢。

（まあ、夢だよな）

くあ、とあくびをした利仁は苦笑する。

初っ端から相模原が魔法を使っていたし、日向が空中庭園で書類仕事をしているのもおかしい。夢だからこそポメガバースなんていう無茶な変身ネタも素直に受け入れてしまったのだろう。

夢なのに、無駄に苛立ったり照れくさくなったり焦ったりさせられてちょっと疲れた。

（……でもまあ、日向に「りっくん」と呼ばれるのは意外と悪くなかったな）

なんともいえないくすぐったい気分を思い出した利仁は、本当に呼ばれたらどんな気分になるのか知りたくなって軽い気持ちで聞いてみた。

「なあ、日向が俺より年上だったら、なんて呼んでた？」

「俺が利仁さんより年上だったら……？」

少し首をかしげて考えた日向が、真顔で呟く。

「利仁」

予想外すぎて思わず目を瞬くと、利仁と視線が合った日向が「……さん」と付け加えて両手で顔を覆った。

「いや、無理ですって。利仁さんは利仁さんですもん。呼び捨てにしたら、なんかすごい照れました……！」

顔を隠していても耳や首、肩まで染まっていてめちゃくちゃ可愛い。「りっくん」と呼ぶ夢の中の日向も余裕が感じられてよかったけれど、やっぱり実物が最高だ。

無意識の笑みをこぼしながら利仁は恋人を抱きしめる。すっぽり包みこめるサイズ、黒髪にキスして名前を呼ぶと照れながらも見上げてくる素直で愛らしい姿。

うん、やっぱりいつもどおりがいちばんだ。

ポメガバース詰め合わせ⑥

もふもふの野獣さん

「おとなりの野獣さん」より

目が覚めたら、なんだか体が変だった。

カフカの小説に出てくる毒虫を思い出して顔をしかめた雄豪(ゆうごう)は、体を起こそうとして——自分が一頭の黒い犬になっていることに気づく。

肉球のある手、ふわふわの被毛、ふさふさのしっぽ。見えないけれど、おそらく頭にはぴるっと動く耳がある。

「……マジか」

ぐるる、とうなるような音と共に出てきたけれど、しゃべるのはいつもとあまり変わらない声ででてきた。口の形が違って、舌もヒトより長いせいか違和感はあるものの、意思疎通の手段が残っているだけでもありがたい。

(つうか、なんでいきなり犬に……?)

眉根を寄せた雄豪が思い出したのは、ゆうべ担当編集と話したときに出てきた言葉——ポメガバース。

昔からある「異種変身もの」の新しいパターンのひとつだ。ゼウスが牛や白鳥になったのと似たようなものだが、決定的に違う点がある。ポメガバースは自由意思による変身ではなく、重度のストレスがトリガーとなってポメラニアンになるのだ。

(……ポメラニアンにしちゃ、だいぶでかい気もするが)

肉球まで黒い手はけっこうしっかりと太いし、ベッドとの比率からして全体はサモエドくらいのサイズになっている気がする。ポメラニアンの祖先であるウルフ・スピッツっぽい〝でかポメ〟になっているようだ。

犬になっているのが現実かどうかはさておき、「重度のストレス」には覚えがあった。

最近スランプ気味で文章が思うように書けず、数えきれないほどセルフリテイクを繰り返しながら無理やり書いていた。本当ならしばらく休んでリセットしたかったのだけれど、雑誌の連載原稿の締切が迫っていてそうもいかなかった。

隣に住んでいる恋人に会いに行くのも自分に禁じて、なんとか納得できる状態まで仕上げて原稿を送信したのが数時間前のこと。ギリギリで間に合ったけれど、ベッドに倒れこんだことでほっとしてストレスが一気に噴き出してしまったのかもしれない。

(思うように書けねえのもしんどかったが、朋とゆっくり会えないのがいちばんキツかったよなあ……)

思い出すだけで、はぁあ、と大きなため息が出る。

獣の口だと呼気の出方がかなり違うことに気づいたら、うっかり作家の好奇心が頭をもたげてしまった。

(今後のネタになるかもしんねえし、いろいろやってみっか)

犬ならではの感覚、身体能力、体を動かすときの意識など、知りたいことは山ほどある。

さっそく耳やしっぽを動かして実験や観察をしていたら、遠くで玄関ドアが開く音がした。ふわりとおいしそうな匂いまで鼻先に届いて、最愛の存在である朋の気配にしっぽが勝手にぶんぶん揺れる。
——なるほど、聴覚と嗅覚が鋭くなっている以外に、しっぽは制御できるときとできないときがあるようだ。

ずっと会いたかった恋人を走って出迎えに行きたかったけれど、小動物っぽい愛らしい見た目そのままにビビリな朋は想定外の生き物——黒い大型犬に突進してこられたら怖がって逃げ出すに違いない。

出迎えは我慢して、雄豪は見つけてもらえるまでふっさふっさとしっぽを振りながらベッドルームで待っていることにする。

軽い、静かな足音が少しずつ近づいてきた。隣の部屋——書斎を開けた音がする。

「豪くん……？　昨日が締切って言ってたけど、無事に終わった……？　ごはん持ってきたけど……」

朋はもともと繊細でやさしい声をしているけれど、いつも以上に小さなささやき声だ。仕事中だったり、眠っていたりする雄豪を邪魔しないためだろう。

（あー……ほんっと、たまんねえな）

うるる、と喉が鳴った。かぶりつきたくて仕方ない。しっぽもそのうちちぎれるんじゃないかという勢いでふさふさ揺れている。

でも、我慢だ。飛びかかったりなんかしたら恋人が心臓発作を起こしかねない。

早く来ねえかなあ、と全身を待ち遠しさにそわそわさせながらもちゃんとおすわりスタイルをキープしていたら、ようやくベッドルームのドアが開いた。

「お邪魔しま……っ⁉」

ひっ、と雄豪を見るなり息を呑んだ朋の反応は予想どおりだ。

大丈夫だ、怖がることはない、俺だ……！　と声を出して訴えたいところだけれど、驚かせすぎないように想いをこめてじっと見つめるだけにする。

ふさふさ揺れるしっぽで敵意のなさを理解してほしいと思っていたら、たっぷり一分近く固まっていた朋が、ようやくそっと息を吐いてそろそろと室内に足を踏み入れた。

「……は、はじめまして……？　って、なんか、あんまりはじめましてな感じがしないんだけど……」

首をかしげながらも黒いでかポメと化している雄豪に挨拶をして、距離を保ったままベッドへと近付く。雄豪が眠っているか確認したいのだろう。

目で朋とドアまでの距離を測り、逃げられないところまで室内に入ったタイミングで雄豪はようやく声をかけた。

「朋、そんなビビんねえでもいい。この犬が俺だ」

「……へ」

ぽかんとした顔もかぶりつきたいくらい可愛いな、と思いつつ、雄豪は恋人がパニックを起こさないように落ち着いた声で説明する。

「目が覚めたら犬になってた。たぶん『ポメガバース』ってやつだと思う。仕事がなんとか間に合ってほっとしたのと、朋といちゃいちゃできなかったストレスで犬化したっぽい」

「そ、そんなことあるの……!?」

「みたいだな。実際にこうなっているし」

肩をすくめる代わりに鼻を鳴らし、ぴるるっと耳を動かす。会話が成り立つことで、朋は信じられない現状をなんとかのみこめてきたようだ。

「……えっと、とりあえず、お仕事は終わったんだね？」

「ああ」

「おつかれさま……」

おそるおそる近付いてきた朋が、雄豪の顔をのぞきこむ。

じっと見つめてくる大きな瞳を見つめ返したら、数秒の間のあとに小さく息をついた朋が表情をゆるませた。

「ちょっと目つきが悪くて迫力があるの、豪くんって感じだねえ」

「そんなとこで実感すんのかよ」

「だってヒトのときと印象が変わんないし……。あと、格好いいね」

ちょっと照れたように笑って付け加えたのが可愛くて、本気で押し倒したくなった。我慢したら喉がぐるる、と鳴ったけれど、ふさふさのしっぽが勢いよく振られているせいか朋に怖がられずにすんだ。興味深そうにしっぽを見つめている。

「……さわってみてもいい？」

「ああ」

好きにしろ、と床に伏せて寝そべると、少し緊張した面持ちながらも手を伸ばしてくる。そっと触れるなり、ぱあっと顔を輝かせた。

「もっふもふ……！　うわあ、すごい……！　あの、顔をうずめてみてもいい？」

「いいぜ。たぶん腹側のほうがもふもふなんじゃねえ？」

ごろん、と仰向けにころがってやると、瞳をキラキラさせた朋が「お、お邪魔します」とおかしな断りを入れてからもふっと胸に顔をうずめてくる。

「はぁぁあ〜、ほんっとふわふわのもふもふ……！　気持ちいい……」

少しくすぐったいが、恋人が満足そうだからヨシ。獣の手（脚？）でさらさらの髪を不器用に撫でてやると、うれしそうに笑った朋が胸に頬ずりしてくる。めちゃくちゃ可愛い。ぶっちゃけいますぐキスしたいし、ものすごくおいしそうな香りをふりまいている体を存分に舐め回してがっつり抱きたい。が、この姿では叶わない。

ぺふ、と肉球で軽くたたいて注意を引き、「どうやったら戻れるか調べてくれ」と頼んだ。

手がコレでなければ自力でパソコンなりスマホなりが使えたのだけれど、いまは恋人の検索力が頼りだ。

「ん、わかった」と力強く頷いた朋は、よほど雄豪のもふもふのボディを気に入ったようで腹側にくっついたままでスマホでの検索を始めた。意識がしっかりしているときに自分からこんなにくっついてくれるのは珍しいから、少しだけポメ化してよかった気分になる。

数分後、検索結果がまとまった。

「ポメ化に関しては諸説あるけど、戻る場合はとにかく愛情をたっぷり与えて甘やかすといいみたい」

「へえ、ストレスでポメ化するんなら幸福ホルモンで対抗しろってことか」

「たぶん。……えっと、僕、どうしてあげたらいい？」

「好きに甘やかしてくれていいぜ」

にやっと笑って丸投げしたら、ちょっと困り顔になったものの朋が頷いた。

「とりあえず、撫でてみるね」

「おう。頼んだ」

上体を起こした恋人の膝の上にどっかりとうつぶせに身を投げ出すと、「わんこになっても豪くんは豪くんだねえ」と笑った朋がやさしい手で背中を撫で始める。なかなか気持ちいい。……が、どうにも物足りない。

「なあ朋」

いいぜ

お
お邪魔します

もふっ
はぁぁあ〜

めちゃくちゃ可愛
ぶっちゃけいま
キス
もの
お
ふ
体を存分に
がっつり抱きたい
が、ポメ（大）

「ん?」

「たぶん、これじゃ戻んのに時間かかると思うぜ」

「……わかるの?」

「勘だけどな。なんか足んねえ」

「んー……と、おなかすいてるとか?」

「腹もそこそこへってるが、それよか朋に飢えてる。いますぐ食いてえ」

うるる、と喉を鳴らして恋人の膝に頭を擦りつけた。めちゃくちゃいい香りがしているのに抱けないのがつらすぎて、撫でられる癒やしとおあずけのストレスを同時に与えられている状態なのだ。

朋がおろおろと視線を揺らす。

「す、好きにさせてあげたいけど、豪くんいま、大きいポメラニアン? だし……」

「わかってる。だから早く戻りてえんだが、特効薬とかねえのかなー……」

「ちょ、ちょっと待って。ヒントがないかもっかい調べてみる」

スマホで再び検索した朋が、「特効薬じゃないけど、それっぽいのはあったよ」と顔を赤くして報告してきた。

「なに?」

「本当かどうかはわかんないけど、好きなひとの……体液、とか、いいって……」

「ベタだなー」

朋の態度から予想はしていたけれど、思わず苦笑してしまう。

ビビリな恋人に獣姿の自分にあれこれされろというのが酷なのはわかっているから、時間をかけて戻るしかねえな、と思った矢先、朋が真剣な顔で思いがけないことを言った。

「た、体液って、唾液でもいいんだよね……？」

「ん？　ああ、だろうな。なんだよ、くれんの？」

「……うん」

マジで、と顔を上げると、もふもふと無意識のように雄豪を撫でながら朋が頬を染めて確認してくる。

「キ、キスでいいのかな……」

「わかんねえけど、それで戻れたら王子のキスで魔法が解ける感じだな。……できそうか？」

本心では自分から恋人の小さな口にかぶりつきたいところだけれど、現在獣の姿だ。ヒトのときよりずっと大きくて歯が鋭い口は怖いだろうし、慣れていないから傷つけてしまう危険がある。

こくっと頷いた朋に促されて、雄豪は「おすわり」をした。もふ、と顔の両サイドを手で包みこんだ恋人が、「い、いきます……！」と緊張の面持ちで顔を近付けてくる。

ちゅっ。

音にしたらそんな感じの可愛いキスを口許で感じた。が、体に変化はない。ぺろりと長い舌でキスされたと思しきあたりを舐めて、雄豪は嘆息する。

「可愛かったが、体液どうこうってレベルじゃねえなあ」

「う……、だ、だよね。なんか、どうやってあげたらいいのかわかんなくって……」

「朋、俺がヒトの姿のときも自分からはディープキスってめったにしてくんねえもんな。鍛錬不足はしょうがない」

「ご、ごめんってば～」

顔や耳をぺろぺろ舐めながらからかうと、くすぐったそうにしながらも日頃のサービス不足を謝ってくる。つくづく可愛い。がっつりキスして抱きてえな……とマズルで甘えながら細い肩を甘噛みしていると、どこか甘い息をもらした朋がもふりと首に抱きついてきた。

「……あの、お互いのべろ、舐めてみる……？」

「積極的だな」

にやりと獣の口で笑うと「だ、だって中身は豪くんだし……っ、早く戻ってほしいもん」などと、目を伏せて、頰を染めて、めちゃくちゃ可愛いことを言う。

本能に負けてがっぷりいかなかった自分を褒めてやりたいが、がるる、と渇望のあまり喉が凶暴に鳴った。びく、と身をこわばらせた朋の頰に鼻先をくっつけて囁く。

「大丈夫か？　無理はすんなよ」

「……うん。大丈夫だから、舐めて……？」

ピンク色の小さな舌を出した朋は、ビビリなくせに素で煽ってくるからたちが悪い。そういうところも最高だし、愛しているけど。

朋の舌よりずっと大きくて長い獣の舌で甘く感じられるそれを舐めて、絡めて、ぐっと小さな口の中へと押し入った。

「ん……っ、ふ、う……っはぁ……っ」

口の中ばかりか喉奥までいっぱいにされたせいで少し苦しげなのに、甘い声。ぴるるっと獣の耳が反応する。もっと聞きたい。もっと味わいたい。もっともっと……ぜんぶ欲しい。

交わっている口から喉、腹へと熱が落ちて、全身が一気に熱くなった。ぐぐっと体が重くなる感じがして、気づけば朋を組み伏していた。

はあ、と熱い息を吐いた雄豪は、自分の口がもう獣の形じゃないことに気づいて唇を舐める。

「ぜんぶじゃないが、戻ったっぽいな」

「え……？　あ、ほんとだ……」

息を乱して、潤んだ瞳を上げた朋が雄豪の耳――頭の上にまだ残っているもふもふのほう――をそっと撫でた。

「可愛い……」

普段は言われたことがない単語が慣れなくて、ぴるっと耳が動く。ふふっと笑った朋がふにふにと悪戯するようにさわってきた。

「豪くん、こういうの意外と似合うよね。ハロウィンのときのも格好よくてまた見たいなって思ってたんだけど、ポメだと狼より可愛いね。動くのも可愛い」

「そうかよ。……朋のほうが可愛いけどな」

慣れない「可愛い」を連呼される照れくささから、がぶ、と首筋に嚙みついて反撃すると、嚙まれるのに弱い恋人が甘い声をあげて身をすくめた。ぎゅっと肩に抱きついてくるのも可愛くて、がぶ、がぶ、とあちこち甘嚙みしているだけで息を乱す。

「やっ、からかったわけじゃなくて……っ、耳、ふわふわだから……っ」

「しっぽもふわふわだぜ？」

もふん、とふたりの体の間にしっぽがくるようにすると、大きな瞳が輝いた。

「すごい、ふわっふわのもっふもふ……！　これも自分で動かせるの？」

「ああ」

ふさふさと揺れるしっぽに興味津々の恋人が、もふもふと撫でてくる。さわられる感触がしっぽを通して伝わってくると尾骶骨のあたりがぞくぞくして、興奮が増した。

「……なあそれ、あんまするとと我慢できなくなりそうなんだけど」

熱っぽい吐息混じりの声にはっとした朋が、一瞬のためらいのあとでまたしっぽを撫でてきた。

「煽ってんの？」

「……ん」

小さく頷いた恋人があまりにも美味しそうで、ぶちんと何かが切れた。がっぷり口づけて、本能のままにどこもかしこも味わう。恋人不足が深刻だったせいか、獣になっていた名残なのか、いつもより理性がはたらかない。けれど、朋は甘く泣いて、鳴いて、雄豪の獰猛さも受け入れてくれる。

もふもふの耳としっぽ以外はすっかりヒト型に戻ったのかと思いきや、恋人の奥深くまで押し入ったときに違うことが判明した。

「ご、豪くんの……っ、なかで、えっ、え……っ!?」

「……わかるか？」

最奥まで埋めこんだまま動きを止め、荒い息の合間に聞くと、とろけた顔ながらも瞳に動揺を浮かべた朋が小さく頷く。

「いつもと、ちがう……」

「みたいだな。はずれねえし、もう出る」

「えっ、あっ、あぁあー……ッ」

抱き起こして膝にのせたら、自重でずっぷりとさらに奥まで貫かれた朋が甘い悲鳴をあげて雄豪の体を抱きしめて達した。内壁も同じく、熱塊を淫らに、けなげに抱きしめるように締めつけてうねり、絞り上げてくる。

雄豪が低くうめいたのと同時に、恋人の最奥で熱が噴き出した。びゅくびゅくと勢いよく吐精する快感も、いつもとどこか違う。止まらない。腰を揺すってもいないのに延々とあふれて朋の中を満たしてゆく。

（あー……、そういや犬の射精って一時間くらいかかるんだっけか）

しかも、根元にこぶができてはずれないような形になるのだとか。……体感的に、たぶんそうなっている。ただでさえ狭い恋人の中を無理やり拡げてどっしり居座り、薄い腹が少しふくらんでしまうくらいに精液を流しこもうとしているのが自分でもわかる。

汗に湿った癖のある黒髪をかきあげて息をついた雄豪は、達した直後も粘膜を濡らされ続けてびくびく震えている恋人の快楽の涙が伝う頬をそっと撫でて抱きしめた。

「悪い、しばらくこのままだ」

「……し、ばらくって、どれくらい……？」

約一時間、と感じやすい恋人に本当のことを答えるのは可哀想だけれど、嘘もつけない。「さあ」とにごして、巻き込んだせめてものお詫びにリクエストを聞く。と、朋が甘く濡れた声で囁いた。

「……おわるまで、このままぎゅってしてて……」

「ああ。……ありがとな、朋。愛してる」

「ん……、僕も……」

照れくさそうに、それでいて満ち足りた様子でふわりと笑う恋人が愛おしすぎて、最後まで言ってもらうのを待てずに唇を奪った。がっちり繋がったままの体をときどきゆさゆさと揺らして、あちこちを手で愛撫して、長くとけあう時間をひたすら堪能する。

とろ火でずっと炙られているようなゆるやかで長い悦楽。気持ちいいのが延々と続くことで意識がぼんやりしてきて、キスするために閉じた目を開けたのかどうかも曖昧(あいまい)になってくる。

ただひたすらに満たされた。心も、体も。

（そろそろ、ポメ化は完全に終わってそうだな……）

ふと目を開けたら、まだ薄暗いベッドルームの天井が見えた。

本能的に朋を探した雄豪は、ベッドに自分ひとりしかいないこと、誰か来た気配すらないことに気づいて夢をみていたことを自覚する。

どうやらゆうべ、仕事が終わったあとにベッドにばったり倒れこんで眠っていたらしい。

考えてみれば……というか、考えてみるまでもなく、ヒトがポメラニアンになるなどというのは非現実的だ。物理的にも生態的にも無理がある。夢の中では自然に受け入れていたけれど、ポメガバースなど起こりえない。

「……でもまあ、いい夢だったな」

大あくびをしてベッドから出た雄豪は、バスルームに向かうついでに恋人の休みを書き込んでいるカレンダーをチェックした。うれしいことに今日は休みだ。

がっつり抱いたけれど、夢だったならもう一回……いや、何度でも満足いくまで抱かせてもらいたいところだ。それが無理でも、ひさしぶりに恋人の顔を見て、できるだけくっついてのんびりすごしたい。

ざっとシャワーを浴びてから隣に向かった。

時刻は午前四時前。早起きの朋もさすがにまだ寝ている時間だから、合鍵を使って勝手に入る。のしのしと恋人の部屋を目指していたら、思いがけずにシャワーを使っている音がした。

（ずいぶん早（はえ）えな）

バスルームに乱入するのも楽しそうだな、と思ったものの、驚いた朋の心臓が止まってしまったら今日の楽しい予定が駄目になる。

ここはおとなしく待っていようとＬＤＫに入ったら、キッチンで美味しそうなビーフシチューの鍋を見つけた。そういえば空腹だったのを思い出して、雄豪は勝手にシチューを温める。

くつくつとシチューの表面から湯気がたつようになったころ、朋がバスルームから出てきた。明かり、もしくはシチューの香りで気づいたらしく、ＬＤＫのドアからひょこりと顔をのぞかせる。

「よう、おはよ、朋」

「お、おはよう……っ」

挨拶を交わしただけなのに、ぶわーっと見える範囲が甘く染まった。目を瞬いてコンロの火を止め、雄豪は恋人を手招く。

「どした？」

「ど、どうもしないけど……っ。えと、お仕事終わったの？」

「ああ、ゆうべな。つうか、なんでそんなうまそうになってんの」

「うまそうって……？」

戸惑った様子で朋が首をかしげるけれど、頬を染めて、潤んだ瞳で見上げてくる恋人は、シャワー直後とはいえやけに色っぽい。いつも以上にかぶりつきたくなる風情だ。

我慢できずに腕を伸ばして抱き寄せ、甘く染まっているやわらかな頬をかじったら、びくんと身をすくめた朋が足許をふらつかせた。立っていられないかのようにぎゅっと雄豪にしがみついてくる。

「おっと……、いつも以上に感度すげえな。もしかして、ひとりでシたばっか？」

「し、しないよ……っ。ただ、なんか、夢に豪くんが出てきて……」

「夢に？」

真っ赤になって恋人が打ち明けた夢の話を聞いた雄豪は、言葉を失った。

なんと、朋は自分と同じ夢をみていたのだ。

起きたら体がやけに敏感になっていたばかりか、下着が濡れてたからシャワーに行っていたという恋人を抱きしめて、雄豪は自分も同じ夢をみていたと告白する。道理で満足度の高い夢だったと笑みがこぼれた。

「すげえな、魂でまぐわったって感じじゃん。やっぱ朋は俺の運命のひとってことだよな」

「そ、そんなことってある……？」

信じようが信じまいが、同じ時間帯に同じ内容の夢をみたのは事実だ。でも、夢はあくまでも夢。

「今度は現実で抱かせてくれよ」

耳を甘噛みしながらねだったら、夢の余韻で感じやすくなっている恋人がふるりと細い体を震わせて、潤んだ瞳で釘を刺してきた。

「……立てなくしたら、駄目だよ？」

「朋次第だな」

にやりと笑って返したものの、ひさしぶりの大好物を味わうのだ。ポメ化で本能が優勢だった夢の影響もあるかもしれないし、どうなるかは雄豪にも保証できない。

八束ファミリーのハッピーバレンタイン

「お兄ちゃんのお嫁入り」より

二月十四日の朝、弟の身支度を理緒が手伝ってあげていたら、すぽんとトレーナーから顔を出した礼央がわくわくした顔で聞いてきた。

「にーちゃ、きょう、ばれんたいんでーだよ！　しってた？」

オリジナルな言い方に戸惑ったものの、日付からすぐに察する。

お菓子大好きなちびライオンにとって大事な日、バレンタインデーだ。

「うん、知ってたよ。今日のおやつはチョコレートクッキーとチョコバナナマフィン、どっちがいい？」

「どっちも！」

間髪を容れずに返ってきた。宗匡を手伝って朝食をテーブルに運んでいる留奈も期待に満ちたキラキラの瞳を向けてくる。無言だけれど、こちらも「どっちも！」だ。

「そんなに食べられる？」

「よゆー！」

「留奈、お友達と友チョコの交換をするって言ってたけど……」

「だいじょうぶ。『お店で売っている二百円までのおやつ』ルールでこうかんするから、いそいでたべなくていいはずなの」

さすがはしっかり者。衛生面でも保護者の負担面でも完璧な友チョコルールだ。

とりあえず、夕飯が食べられなくならないようにクッキーとマフィンは小さめに作ろう……とこっそり計画していたら、チビらのトーストにバターを塗ってやっていた宗匡が「俺のぶんは普通サイズで、どっちもな」と理緒の心を読んだうえでリクエストをしてきた。

「……宗匡さんには、専用のがありますよ？」

食いしん坊の弟に聞こえないように小声で予告したら、にやりと笑みが返ってくる。

「理緒のチョコがけか」

「ち、違います……！」

「冗談だよ。楽しみにしてる」

真っ赤になる理緒の髪を楽しげにくしゃくしゃにした宗匡は、ついでのようにキスをする。こんないちゃいちゃにも弟妹はすっかり慣れたもので、「あさごはーん！」「おにいちゃん、ともさんにもらったジャムもぬっていい？」と兄と義父を完全スルーして朝食しか見ていない。宗匡の教育（？）の賜だ。

法律事務所で勉強も兼ねたアルバイトに勤しんだあとは、宗匡専用のバレンタインのお菓子——手間はかかるけれど美味しいチョコレートケーキの「オペラ」にした——の仕込みをしてから幼稚園に礼央を迎えに行った。幼稚園はお菓子の持ち込みが禁止だけれど、代わりに先生たちからバレンタインデー仕様のおやつが配られたそうで礼央はご機嫌だ。

「まいにち『ばれたんでー』だったらいいのにねえ」

などと言っている礼央は、クリスマス、お正月、ハロウィン、誕生日、その他あらゆるイベントの日に同じことを言っている。お祭りとおいしいものが大好きなちびライオンなのだ。

チョコチップクッキーは以前作って冷凍しておいた生地を切って焼くだけ、チョコバナナマフィンも弟妹のリクエストでたびたび作っているから慣れたものだ。

クッキーが焼き上がり、マフィンをオーブンに入れたところで留奈が小学校から帰ってきた。

きちんと手洗い・うがいをして、ランドセルを自分の部屋に片付けてからぱたぱたと駆け寄ってくる。

「おにいちゃん、もうぜんぶできちゃった？」

「まだ焼いてないのがあるけど……、留奈も手伝いたかった？」

こくっと頷く。

「おにいちゃんと、まささんに、あげたいなって……」

「！」

「ぼくも！　ぼくも、にーちゃとむねにあげる！」

焼きたてのチョコチップクッキーを「あじみ」と称してさっそくつまみ食いしていた礼央もぴょんぴょん跳ねてアピールする。

「じゃあ、クッキーとマフィンに飾りつけして、ラッピングする？」

「「するー！」」

ぱあっと顔を輝かせて声をそろえる弟妹に理緒はにっこりして、チョコペンやアーモンドスライス、チョコスプレー、アラザンなどを用意をした。

礼央の芸術が爆発している飾りつけと、留奈の繊細さが現れた飾りつけ、どちらも楽しみだ。宗匡もきっと喜んでくれるだろう。

理緒から留奈礼央がデコレーションしたというバレンタインデーのお菓子の写真をスマートフォンで受け取った宗匡は、それぞれのキャラが反映されたビジュアルににやにやしながら仕事を終え、理緒のために予約しておいた人気ショコラトリーのスペシャルバレンタインボックスを引き取ってから足取りも軽く帰路につく。
今日は早く帰れてよかった、と思っていたら、妹分――浜村(はまむら)の娘の瑠璃子(るりこ)から呼び出しのメッセージが届いた。
顔をしかめて「用があるならうちに来い」と返信したら、「行けたら行ってるもん！」と礼央みたいな口調の半ギレの返事がきた。
アラサーなのに幼稚園児と同レベルかよ、と呆れるものの、仕事なのだろうと察して「五分だけな」と制限時間付きで待ち合わせ場所に寄ってやることにする。と、「五分もいらない。やっさんの顔が見たいわけじゃなくて、あたしの天使たちに贈り物がしたいだけだから（大量の絵文字）」と彼女の父親にそっくりなテンションの返事がきた。

ああそうかい、と再び顔をしかめて、宗匡は運び屋を引き受ける。

帰宅したら、夕飯のあたたかくておいしそうな匂いに混じってお菓子の甘い香りが残っていた。

「ただいま」

「おかえりなさーい」

声をそろえて迎えてくれる理緒、留奈、礼央に頬がゆるむ。

どさりと鞄(かばん)をソファにおろした宗匡は、忘れる前にとチビらに瑠璃子から預かったカラフルな袋を差し出した。

「留奈、礼央、瑠璃子からハッピーバレンタインだとよ」

「ちょおれーと！」

「るりちゃんから……!?」

即座に反応した礼央が獲物を狙うちびライオンさながらに駆け寄ってきて、留奈もたれ目がちな瞳をぱあっと輝かせる。

さっそく中身を取り出したふたりは、そろって「きゃああ！」と喜びの奇声を発した。

「くるま……！」

「うさぎさん……！」

礼央と留奈、それぞれの好みにぴったりの形をしたチョコレートだ。

歓喜の舞を踊る礼央、感激にうち震える留奈に、シチューをよそっていた理緒がにっこりする。

「よかったねえ。ちゃんとお礼言おうね」

こくっと頷く留奈の横で、礼央が大声をあげた。

「ありあとーるり！」

「いや、電話でな。その場で言っても聞こえねえから」

思わず苦笑混じりにツッコミを入れると、礼央がふと何かに気づいた顔になって宗匡に大きな目を向けてきた。

「むねのは？」

「ねえよ。瑠璃子は義理チョコしねえ主義だしな」

「ぎーちょこ？」

「義理チョコ。本気で好きじゃねえ相手にはやらねえってことだ」

「ふーん」

ぷくぷくの手に抱えたパトカー型のチョコレートに目をやり、手ぶらの義父に目をやり、礼央がにんまりする。

「むね、かわいそー」

「……どこでそういう言い方覚えてくんだか」

「よーちえん！」

胸を張るちびライオンには苦笑するしかない。

「つうか、瑠璃子からのチョコはいらねえんだよ。俺には理緒からの本命があるからな」

はっとした礼央が深刻な顔になる。

「るり、にーちゃにもあげてない……！」

「なんで俺のときとそんなに反応違うんだよ」

「にーちゃもぼくたちとおなじ、かわいいなのに……！　むねよりちいさいけど、ぼくたちよりいっぱいおおきいから？　なかまはずれ、だめってるりにいわないと！」

「聞いちゃいねえな」

嘆息して、宗匡はヨメと目を合わせて肩をすくめた。理緒も苦笑している。

ふと見たら、ちびライオンが自分用の台を抱えて移動していた。目的は間違いない、電話だ。勝手に瑠璃子にかける気なのだ。

宗匡はひょいと抱き上げて礼央を止める。

「待て待て。言ったろ、瑠璃子は義理チョコしねえ主義だって。理緒の一番は俺だって知ってるから理緒にはなかっただけだ。代わりに理緒には俺からの本命チョコがあるから心配すんな」

「ほんめいちょこ？」

「いちばんだいすきのチョコ？」

留奈の確認に頷くと、礼央が難しい顔になる。

「ほんめいちょこのがすごい……？」

「え……、うーん、どうかな」

理緒が答えをにごそうとしたところで無駄だった。礼央の中でランク付けがなされたようで、抱き上げられたまま獲れたての魚のようにびちびち暴れだす。

「ぼくもほんめいちょこがいい！　にーちゃとむねだけずるい！」

「ずるくねえよ。理緒と俺が特別なのは礼央だってわかってんだろ」

さくっと事実を告げたら、びちびちは止まったものの「むうう……」と納得できていないふくれっつらだ。

礼央を床におろした宗匡は、しゃがんで目線を同じにしてからぷくぷくのほっぺたを指でつついて空気抜きをして、小さな手が大事に握りしめているパトカー型のチョコを目線で示した。

「つうか、よく考えてみろ。瑠璃子が義理チョコしねえってことは、礼央がもらったそれはなんだ？」

ぱちぱちとまばたきした礼央が、はっとした。

「ほんめいちょこ……！」

ぱああっと顔を輝かせる礼央の頭を「よかったな」と撫でてやると、「うん！」と素直に頷いて踊り出す。

ちびライオンは本当にチョロくて可愛いなあ、とにやにやしていたら、笑うのをこらえるように咳ばらいするのが聞こえた。理緒だ。宗匡と目が合ったら、我慢しきれなかったように笑みをこぼす。

こっちは礼央とは違う意味でめちゃくちゃ可愛い。

踊っている礼央から離れて理緒の元に向かっていたら、留奈がしげしげと自分のうさぎさんチョコを眺めているのに気づいた。

「……ほんめいチョコって、いくつもあっていいの？」

「！」

宗匡も理緒もとっさに何も言えずにいたら、留奈はそれ以上の答えを求めずににこっと笑った。

「かわいくておいしいから、どっちでもいいね」

さすが留奈。空気を読む能力の高さに理緒と一緒に恐れ入る。

チビらもいつか、それぞれの「本命」とバレンタインデーをすごすのかもしれない。すごさないかもしれない。

いずれにしろ、いつも幸せであればいい。

親として子どもに願うのは、それ以外何もない。

理緒からの「本命チョコ」のケーキは宗匡に「好みど真ん中だ」と喜ばれ、宗匡からの高級チョコレートもとろける口どけと香り高さで理緒の目を瞠（みは）らせた。

「こんなに美味しいチョコレート初めてです」とうっとりしている理緒にそそられた宗匡が味見という名のキスをして、ふたりはチョコレート以上に甘くとろける濃厚な夜を分け合ったのだった。

湯けむり不思議旅行

「箱庭ろまんす」
「はじめての恋わずらい」より

最愛の主人である壮慈のそばにいられたら幸せな玉緒にとって、いちばんいたい場所は四季折々の花が咲き乱れる秋月邸だ。

ところがある日、主人から思わぬ誘いを受けた。

「タマ、岩手に行ってみないか」

「岩手……ですか。柳田國男先生の『遠野物語』の地ですよね」

「うん。あれ、おもしろかっただろう?」

「はい。文章も簡潔なのに格調高くて、絵が浮かびました!」

絵を描くのが好きな玉緒が目を輝かせると、にこりと笑った壮慈が旅行の目的を明かす。

「僕も何かと刺激を受けている作品だし、いつか取材を兼ねて彼の地に行ってみたいと思っていたら、友人が別荘を貸してくれるというんだ」

人里離れた山奥に建てた別荘には、なんと庭に温泉も引いてあるという。

「気が向いたらいつでもお風呂に入れるなんて、楽しそうだと思わないか」

流し目で囁かれると、言外の含みを察してじわりと頬が熱くなった。けれど、たしかに魅力的だ。

それから数日後、玉緒は主人に連れられて初めての旅行に出発した。

遠出をするのが初めてなら、汽車に乗るのも初めてだ。壮慈が特別車両の個室をとってくれたおかげで、外出時は必ず着けている猫のお面をはずして旅路を楽しむことができた。

玉緒の心を何よりも捉えたのは、窓の外を流れる景色の移り変わりだった。北へ行くほど気温が下がるのを知識として知ってはいたものの、まるで時間を逆行しているかのようにちらほらと桜が見られるようになってゆくことに感動する。

「わあ、先生、このあたりはまだ満開ですよ……！」

「ああ……、美しいね」

微笑む壮慈の瞳は玉緒に向いているけれど、沿線の桜並木に目を輝かせている玉緒本人は気づかない。

「……こんなに喜んでくれるのなら、これからはときどき旅行に連れ出してやらないとねえ」

「え？　何かおっしゃいました？」

「いや、ひとりごとだよ」

車輪の音に紛れて主人の言葉を聞き逃してしまったかと思ったけれど、大丈夫だったようだ。ほっとした玉緒は再び窓の外の春景色を堪能する。

夕焼けが夜空にとけつつある黄昏時（たそがれどき）に、ようやく目的の駅に到着した。長く揺られていたせいで汽車が止まっても足許が少しおぼつかないし、体中が固まっているような感じがする。

「疲れたかい？」

「少し……。でも、先生と一緒だから楽しいです」

笑顔で心からの返事をすると、よしよしと頭を撫でた主人が口づけまでくれた。個室とはいえ、自宅じゃない場所でこんなことをされるのは背徳感があって鼓動が速くなる。玉緒の主人は飄々（ひょうひょう）と大胆だ。

駅には別荘を管理している村田（むらた）という老紳士が迎えにきてくれていて、今度は車に乗り換えて移動した。

とっぷり夜が更けたころに到着した別荘は、山奥にありながらも数年前に建てられたばかりで電気が通っていた。外灯に照らされた屋敷は趣味のよい和風の造りが秋月邸と通ずるところもあって、初めての外泊先として玉緒にも馴染みやすい。

村田の妻が腕をふるってくれた美味しい夕飯を食べたあとは、楽しみにしていた庭の温泉に入った。石造りの湯船を囲むように桜の木があって、はらはらと舞い散る花びらが花筏（はないかだ）となって湯を彩る。

「気持ちいいですねえ……」

山ならではの清澄でひんやりした空気の中、体の芯から温まる花の湯に浸かるのはまさに極楽だった。庭の石灯籠（いしどうろう）に入れられた蠟燭（ろうそく）のほか、十分すぎるほどの月光が夜桜と丹精された庭を照らし出しているのも幻想的で美しい。

うっとりとため息をつく玉緒の隣で壮慈も満足げだ。

「本当にね。……もっと気持ちよくしてあげようか」

「あっ、先生ったら助平なこと考えてますね」

「いや？　長時間の移動で疲れただろうから、体をほぐしてあげようと思っただけだよ。玉緒は何を思ったの？」

にっこりしての切り返しに言葉に詰まって、温泉のせいだけじゃなく赤くなった顔をそむける。と、ゆらゆらと揺れて湯にきらめいている円に目を奪われた。

見上げれば、満天の星を圧倒するように輝く大きな満月。

「先生、水鏡ならぬお湯鏡にお月様がいますよ」

「……湯気の中なのに、やけにはっきり見えるね。あまり近づかないようにおし」

眉根を寄せた壮慈の思いがけない反応にきょとんと目を瞬くと、「迷信だろうけど、一応ね」と前置きをして教えてくれる。

「水鏡にも満月にも、昔から不思議な力があるといわれているだろう。異界と繋がっているという説を聞いたことがある」

「そうなんですか？　おもしろいですね。先生の御作で読んでみたいです」

「ふふ、タマにそう言われたら何か考えてみるしかないねえ」

「あっ、すみません、図々しいことを言いました……！　忘れてください」

恋人である以前に玉緒は壮慈の——筆名「明月霜路(あきづきそうじ)」の著作を愛する読者のひとりだ。同じく熱烈な愛読者のキヌに叱られるような無粋(ぶすい)な真似はしたくないと思っているのに、うっかり希望を押しつけるようなことを言ってしまった。

反省するのに、鷹揚(おうよう)な壮慈は気にした風もなく笑う。

「いや、忘れないよ。ネタに困ったら書くことにしよう」

「でも……」

「書いてくれって言われたからって、興味がないものを書けるほど僕は器用じゃないよ。まあ、タマの希望だったらなんとか叶えてあげたいなと思うけど」

悪戯っぽく付け加えられた後半は、前半の「書きたいものしか書かない」を覆しうる依怙贔屓発言でもある。

うれしいけれど返事に困っていたら、さあっと桜の花びらが吹雪くように舞い落ちてきた。とっさに目を閉じた玉緒は、めまいに似た浮遊感を覚えて壮慈に手を伸ばす。……が、方向を見失っていたのか指先に触れたのはお湯だった。

ぱしゃりと水音が響いた瞬間、ぱあっと世界が輝く。

「タマ……ッ！」

焦った声で呼ぶ壮慈に腕を強く摑まれた気がしたけれど、定かではない。

自分に何が起こっているのかわからないまま、玉緒は上下左右がぐるぐる回っているような感覚にのみこまれていった。

「は〜、極楽極楽」

頭に手拭いをのせた直史が満足げに呟くと、隣で聡真がくすりと笑う。

「直さん、ここの温泉に浸かるたびにそれ言ってますよね」

「だって言いたくならない？　露天風呂最高～」

仰ぎ見る夜空には皓々と満月が輝き、湯気がたちのぼる温泉には丹精された庭の植栽から舞い落ちた美しい紅葉が風流に浮かぶ。山の秋の夜ならではのひんやりした空気がほてった肌に気持ちいい。

聡真が兄の悪戯の代償としてぶんどった……もとい譲ってもらったという岩手の別荘は、直史たちが恋人になるきっかけとなったゆかりの場所だ。年に一度は遊びに来ている。

春夏秋冬、どの季節に訪れても極楽だけれど、直史のお気に入りは春と秋だ。石造りの湯船に花びらや紅葉が浮かんでいる様には日本に文字文学が生まれたころ――平安時代から連綿と続く「もののあはれ」が息づいていると思う。

「これでお酒があったらもっと最高なんだけどな～」

「駄目ですよ。風情があるのはわかりますけど、飲酒しながらお風呂なんて危険ですから」

「はあい」

年下なのに保護者さながらに注意する恋人に素直に返事をしつつも、ちょっぴり残念で口まで湯船に浸かってぶくぶくする。と、笑った恋人に抱き寄せられた。

「お風呂での大人の愉しみなら、お酒以外にもあるでしょう」

「！」

ひそめられた低くて甘い声にドキリとして見上げたら、見飽きることのない恋人の美貌が近づいてきた。うっとりと目を閉じた直後、ぱあっと辺りが輝く。

「な、なに……っ？」

「直さん、俺のうしろに」

警戒心もあらわな聡真の声に促されて、目をしぱしぱさせながらも直史は従う。

広い背中ごしにおそるおそるのぞきこんだら、湯船の中央——満月が映っていたと思われるあたりに、魔法のように人影が現れていた。

眼鏡がないせいで輪郭は曖昧だけれど、小柄な人物を大柄な人物が守るように胸に抱きかかえているのと、服を着ていないのはわかる。ふたりとも長い髪を簪のようなものでまとめているようだ。

じっと見つめていた聡真が、ぽつりと呟いた。

「泥棒……にしては、ずいぶん無防備ですね」

「……おかしなことを言うねえ。きみたちこそどこから来たの？」

困惑を滲ませながらも落ち着きのある低い声が返ってきた。口調に不自然さはないのに、どことなくイントネーションが違うことで古風な印象を受ける。

彼の口ぶりだと、直史たちこそが闖入者だと思っているようだ。が、周りを見回した彼が戸惑った様子で呟いた。

「ここは……？　僕たちがいたところによく似ているけれど、見慣れないものが増えているな……。

さっきまで桜が舞っていたのに、紅葉になっている……？」

「せ、先生……、ちょっと、苦しいです……」

「ああ、すまない。きみを守らないとと思っていたらつい力が入ってしまった」

「先生」と呼ばれた彼がこちらに背を向け、腕に抱いていた小柄な人物を直史たちの視線から隠すようにしていたわる。小柄な人物の腕は「先生」の背に回っているから、恋人同士なのだろう。

彼らに敵意はなさそうだと判断したのか、体の緊張をいくぶん解いた聡真が少し思案してから口を開いた。

「信じられないことが起きている気がするので、ひとつ質問させてください。あなたがたにとって、今日は何年の何月何日ですか。和暦でも西暦でもかまいません」

肩ごしに振り返った「先生」が、聡真と目を見合わせるなりなにやら悟った顔になった。

そうして、彼が答えたのは――およそ百年前の四月末の日付。

信じられないけれど、名乗った名前も驚くべきものだった。

秋月壮慈、筆名「明月霜路」。独特の美意識を感じさせる耽美(たんび)かつ華麗な表現、ほとんど句読点を打たない長文体で知られる、いまでもコアな人気のある幻想怪奇小説家だ。

「うぇえ!?　おじいちゃんが大好きな作家さんだ……!?」

「はい。じつは俺も好きな作家です」

「本当ですか……!?」

食いついたのは「先生」の陰で守られていた小柄な人物だ。

「あっ、こら、玉緒」

「だって先生の愛読者がそこにいらっしゃるんですよ……！　先生のご本を好きな人に悪人はいません！」

「……まったく、すっかりキヌさんに毒されてしまったねえ」

苦笑している壮慈に、「玉緒」と呼ばれた人物は「そんなことないです、事実なんです」と真剣に訴えている。

そんなふたりのことを「本物」らしいと判断した聡真が、「このままだとのぼせてしまうかもしれませんし、風呂から出て話をしましょう」と提案した。

「あっ、じゃあ僕、明月先生たちが着るもの持ってくるね」

我ながら気がきいてるぞ、と自画自賛しながら湯船を出ようとしたら、即座に腰に長い腕が回ってざぶんと湯に戻された。

「そ、聡真くん……？」

「すみません、俺、独占欲が強いので」

ぱしぱしとまばたきして、はっとした。細いばかりで貧弱なこの体だけれど、聡真にとっては魅力的で大事なものらしいというのは彼に愛されるようになって学んだ。すっぽんぽんで無防備に飛び出すのは恋人が直史を大事に思う気持ちを蔑ろ(ないがし)にする行為なのだ。

「ご、ごめん……」

「いえいえ。詳しく説明しなくてもわかってくれるようになったなんて、成長してますね、直さん」

にっこりして聡真が褒めてくれたけれど、直史も彼の格好いい裸体をできれば独占したい。お互いに恋人の裸を誰にも見せたくない場合、どうやって着替えを取りに行ったらいいのだろうか。

脱衣籠(かご)までの数メートルが遠すぎる……と困っていたら、玉緒をすっぽり抱いている壮慈がこちらに背を向けた。

「僕らはしばらく秋の景色を楽しんでいるよ」

察しのいい壮慈のおかげで無事に直史たちは浴衣(ゆかた)に着替えることができ、彼らのぶんの浴衣も用意できた。壮慈には聡真の、玉緒には直史の浴衣でちょうどいいサイズだ。

「おふたりとも、当時にしてはかなり背が高いですよね」

客間へと案内しながらの聡真の言葉に、手を開いたり閉じたりしていた壮慈がゆるく首をかしげた。

「そうだねえ……、たしかに僕は平均よりだいぶ背が高かったけれど、ここまではなかったと思う。おそらくこの時代に合わせて少し変わっているんだろうね」

「調整が入っているってことですか。興味深いな……」

「まったくだね」

なんだか意気投合している。こっちも負けずに仲よくなろうと玉緒に話しかけようとしたら、美しい瞳でじっと見つめられていてどぎまぎしてしまった。

「あ、あの、なにか……？」

「あっ、すみません。見たことがない眼鏡をされているので……」

「眼鏡……？　ああ、玉緒さんたちの時代だと丸いのが主流でしたっけ。気になるならかけてみます？」

　ひょいとはずして渡そうとしたら、慌ててかぶりを振られた。

「いえ、形が気になっただけなので……！　あと、せっかくのお顔を隠すような眼鏡をかけていらっしゃるなあ、と」

「せっかくのお顔？」

　きょとんと首をかしげると、聡真が苦笑混じりで玉緒に答えた。

「わざとなんです。おかしな輩に目をつけられないように」

「ふむ……、タマの猫のお面と同じ役割なのか」

　納得顔の壮慈の呟きに、直史は彼にまつわる噂を思い出す。

「明月先生の恋人が外出時は猫のお面を着けていたって噂、本当だったんですね」

「ん？　この時代にも玉緒の話が残っているのかい？」

「真実は謎のまま、噂ばかりが残っていますよ。私生活が取り沙汰されないようにと秋月侯爵が暗躍したそうで」

「ああ……、兄は僕らが記者に狙われないように常に手を回してくれているし、何かあったときには私的なものは焼却処分してくれると言っていたな」

「おかげでおふたりの生涯は謎に包まれていて、もっともらしいものから胡散くさいものまで数多くの逸話が残っているんです。ちなみにファンの間では、おふたりが残した幻想怪奇小説にふさわしい曖昧さとあやしさだと喜ばれていますよ」

「ふふ、楽しんでもらえているならなによりだよ」

鷹揚に笑う壮慈は、自分の未来の評判が気にならないらしい。もはや自分の手に負えないものだから知る気もない、とまで言う。

たしかに、知らないほうが誤解や失礼な言葉に苦しんだり悩んだりしなくてすむという面はあると思う。直史が知るだけでも明月霜路のあやしい噂は両手で足りないほどあるから。

(実物は品のいい超美形紳士なのに、作品から勝手なイメージを押しつけられちゃうんだろうなあ)

恋人に外出時は猫のお面を着けさせるというのも、玉緒の匂い立つような色香を感じさせるジェンダーレスな美貌を見たら安全対策というのが納得できたけれど、行為だけ見たら変人だ。表面だけ見ても正しく理解できないことは多いのだろうなとしみじみ思う。

ふたりを客間に案内したあとは、聡真と台所に向かった。心ばかりのおもてなしをするためだ。

「そういえば聡真くん、さっき明月先生に『おふたりが残した』作品って言ってたけど、玉緒さんってただの恋人じゃないの?」

やかんを火にかけながらふと思い出して聞いてみたら、聡真が頷いた。

「玉緒さんは、明月先生の中期以降のすべての作品の装丁と挿絵を手掛けた『宵待タマヲ』で間違いないと思います。明月先生からの否定もなかったですし」

「えっ、あのめちゃくちゃ内容にぴったりな装丁とイラストの人……!?」

明月作品は独特な文体がとっつきにくくて短編しか読めていない直史だけれど、読んだ作品はどれも印象的でおもしろかったし、彼の本の挿絵と装丁は内容に完璧に合っていて感動的ですらあった。

せっかく素晴らしい作品の作り手たちに会えたのに、未読作品が多くて感想や深い話ができないなんて本好きにあるまじき失態だ。もったいなさすぎるし、悔しすぎる。

「明月先生たちに会えるってわかってたら、ちゃんと全作品読んでおいたのに……!」

「いや、それは無理でしょう。本来なら会えるはずの人たちじゃないですし」

苦笑混じりの聡真のツッコミは正しいけれど、それでも……と思わずにいられない。『三毛屋』に帰ったら改めてトライしてみよう。

そう決意したところで、ふと疑問が湧いた。

「どうやってタイムスリップしたのかは明月先生たちもわかんないみたいだけど、戻れるのかな……？　戻れなかったら、これから書く予定だった物語はどうなるんだろう」

「……タイムスリップものだと、戻れなかった場合は歴史が分岐しますよね。本来残るべきだった作品はもともと生まれていなかったということになって、この世界から消えてしまうんじゃないでしょうか」

「えっ、それって大問題じゃない……!?」

「はい。明月作品に影響を受けて作家や画家になった人もいますし、そこからさらに影響を受けた世代がいますから、大きく歴史が変わる可能性も否定できません」

深刻な表情で頷く聡真に、直史も不安と緊張を覚える。

「風が吹けば桶屋(おけや)が儲(もう)かる」じゃないけれど、バタフライエフェクトという言葉もあるように、すべては思わぬ形でつながっている。

過去からきた彼らを無事に帰してあげる方法があればいいけれど……。

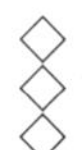

「人間が想像できることは、人間が必ず実現できる」とフランスの作家が言っていたけれど、まさか技術とは無関係にこんなことが現実に起こるとは。

「温泉の水鏡で未来にきたなんて、三文小説でもないのにねえ」

嘆息して壮慈が見上げたのは、自分たちが友人に貸してもらったはずの別荘の天井だ。

到着したときはまだ木目も新しかったのに、いまやすっかり年季が入っている。しかも、電灯の形が違ううえにずいぶん明るい。電気を効率的に使えるＬＥＤなるものが発明されたのだそうだ。

天井を見ただけでこれなら、ほかの場所は言わずもがなだ。

「事実は小説より奇なり、と言いますけど、これは奇怪すぎますね……」

見知らぬ場所に怯える黒猫さながらに壮慈にぴったりくっついているのは玉緒だ。とはいえ、不安と同じくらい好奇心もあるらしい。大きな瞳の視線はあちこち飛び回り、ときどき興味を引かれたものをじっと見ている。

間もなく、庭の風呂で出会ったふたり——聡真と直史が戻ってきた。つややかな黒檀の座卓にお茶と湯気のたつ料理の皿が並べられる。

「これは……？」

「手羽餃子です。こっちは明太子入りのポテトサラダで、タラモサラダっていいます。そっちはピザで、その横は豚の角煮です。どれも僕が作ったんじゃなくて、レンジで温めただけなんですけど」

「れんじ？」

「ええと、箱に入れてボタンを押すと温められる調理器具っていうか……」

説明に玉緒が身を乗り出した。

「そんなに便利なものが……!?　あとで見せていただいてもいいですか？」

「も、もちろんです」

勢いに少し驚きながらも直史が頷いて、初めての味に驚いたり感心したりしながら味わったあとは別荘内を案内してもらえることになった。未来の生活を見られるなんて壮慈も好奇心を抑えきれない。

火を使わずに加熱調理できる電子レンジのみならず、ボタンひとつで洗濯から乾燥まで終わる洗濯機、いつでも氷を作れるという冷凍庫付き冷蔵庫、ガラスの向こうで人や絵がまさにそこにいるかのように動いてしゃべるのを見られるテレビなどなど、驚くべき機械がいくらでもあった。

中でも白眉(はくび)は「スマートフォン」、通称「スマホ」なるものだ。

金属とガラス製のかまぼこ板のようなものを指で撫でるだけで絵が変わり、ガラスの向こうにいる人や絵が動き回り、世界中の人と即時で電話もできれば手紙も出せて、時計にカメラ、あらゆる本と音楽、地図案内や通訳機能まで中に入っているという。まさに魔法の板だ。

「百年ほどでこんなに変わるとは……。人間というのはすごいものだねえ」

自分たちも百年前に比べたらかなり西洋文化を取り入れて便利な生活をするようになっていたけれど、未来に比べたらまだまだ途上だったのを実感する。

「これだけ便利になったのなら、人類はきっと時間に余裕をもって生きられるようになって、文化的にも豊かになったのだろうね」

しみじみと呟いたら、聡真が名状しがたい表情になった。

「そうなっていたらよかったのですが……」

「違うのかい？」

頷いた聡真によると、人類は昔に比べて便利で快適な世界で生きられるようになったはずなのに、実際の労働時間が増えていたり、心身ともに疲弊したりしている人が多いのだという。理由はいくつもあって、利便性と人心と社会の構造などが複雑に絡み合った問題のようだ。

環境がどれほど進歩しようが、人間はしょせん人間ということなのだろう。よくも悪くも、強かで弱い。

信じられないくらいに文明が進んでいても幸福の形は自分たちのころと似ていて、不幸の形はより多くなっている。

「トルストイの鋭さと真実を改めて感じるねえ……」

「『アンナ・カレーニナ』の冒頭ですね」

的確な反応をくれた聡真に頷くと、玉緒たちも話に入ってきた。

「あれは名文ですよね」

「国や時代が違っても、人間にとっての幸福の形が似ているのってなんだか救いのような気もするよね。あっ、そういえばお風呂上がりのアイスクリームも共通の幸せなんじゃない？」

ぽんと手を拍った直史が、いそいそと大きな機械の「冷凍庫」部分の扉を開けた。

まさかと思いきや、お店でもないのに本当にアイスクリームを出してくる。ひとつずつ硬い紙の容器に入っているそれらは、すべて味が違うのだとか。

「こ、これが、先日先生が喫茶店で食べさせてくださったあのアイスクリームと同じものなのですか……!?」

「味は違うと思うけど、アイスクリームっていうものではあるよ。好きなの選んでいいよ～」

スプーンを渡されて、目を丸くしている玉緒と共に容器の絵と文字を参考にして選んだ。濡れても滲まないうえに鮮やかな発色、印刷技術も驚くほど進化している。

慎重な玉緒がミルク味、壮慈がチョコレート味に決めたあと、直史は苺ミルク味、聡真はコーヒー味を選んだ。彼らに倣って つるつるした内蓋を開け、さっそくスプーンですくって口に入れる。

なめらかな舌触りに、濃厚な甘さとうまみ、深く豊かなチョコレートの風味と牛乳のまろやかさ。

「うまい……。見事なチョコレートアイスクリームだ。タマも食べてごらん」

口許にスプーンを差し出すと、ミルク味にうっとりしていた玉緒が「ありがとうございます」と素直に食べた。ぱあっと瞳を輝かせる。

「そちらもおいしいです……！」

「ね。もっとおあがり」

「いえ、今度は先生が僕のを召し上がってください」

スプーンを差し出されて、壮慈もミルク味を味わった。こちらも美味しいし、こういう姿を見せても聡真たちが平然としているのもいい。彼らも食べさせあっているから非難の目を向けられる謂れもないが。

直史が「こっちも味見してみます？」と新しいスプーンで彼らのぶんも分けてくれて、四種類すべて味わわせてもらった。どれも美味。

「未来では、この品質のアイスクリームを家でいつでも食べられるんだねえ」

「うらやましい限りです……。でも、先生と一緒にお出かけして食べるアイスクリームも特別ですから、負けないくらい美味しいです！」

張り合う玉緒が可愛い。元の時代に戻れたら、また喫茶店（カフェ）にアイスクリームを食べに連れて行ってやりたいが……。

（どうやったら戻れるんだろうねえ）

時間旅行などという不思議な目に遭った自分たちだけれど、元の世界に戻れる保証などないのを壮慈はわかっている。

温泉の水鏡で時間旅行をしてしまったのならば、もう一度触れれば戻れるかと思って着替えを借りる前に試してみた。が、何も起こらなかった。

時間旅行は、おそらく複数の条件が重なって起きた奇跡だったのだろう。条件が何だったのか、再現できるのかを調べる必要がある。

幸運だったのは、時を超えてしまった先で聡真と直史という感じのよい青年たちに会えたことだ。約百年後も自分の作品が残っているなどとは夢にも思わなかったけれど、彼ら——特に聡真が壮慈の作品をよく読んでくれており、「タイムスリップ」という不可思議な事態ごと柔軟に受け入れてくれたおかげで不審者扱いをされずにすんでいる。

（とはいえ、戻れなかった場合にどこまで力を貸してもらえるか……）

あれこれ思考を巡らせていたら、玉緒が耳をすませるようにことりと首をかしげた。

「……何か、太鼓のような音がします」

「ああ、もしかしたら花火かもしれません。今日は地元の秋祭りがあるって村田が言っていましたから」

「花火は八時からって言ってたよね」

「……八時？　九時ではなく？」

「ええ。ほら、八時を過ぎたところです」

時計も入っている「スマホ」を持っているのを忘れているのか、直史が聡真の手を取って壮慈に向ける。聡真の手首には未来風の洒落た時計が巻かれていて、針を確認するとたしかに八時過ぎだった。

「……僕たちが温泉に浸かった時点でとうに八時は過ぎていたから、季節だけでなく時間にも差異があるのか……。もしかして、さっき水鏡に触れても何も起きなかったのは、季節と時刻が違うことで水鏡の位置と形が微妙にずれていたせいか……？」

「可能性はありますね」

呟きに即座に反応してくれたのは聡真だ。さっそく「スマホ」を使って壮慈たちが時間旅行を余儀なくされた夜の月の位置や大きさ、こちらの世界で同じ条件の満月の水鏡ができる可能性が高い日時を調べてくれる。その結果。

「あと十七分で、あの温泉に同じ条件の満月が映ると思います」

戻れるとしたら、きっとそのときだ。

顔を見合わせた壮慈と玉緒の横で、直史が残念そうに呟く。

「十七分って、なんか微妙な時間だねえ。明月先生たちにここでやってみたいことをしてもらったり、秋祭りに連れて行ってあげたりするには時間がないし、かといって待っているには長いし……」

「だ、大丈夫です。僕、人が多いところは苦手なので」

「焦らなくていいのも助かるね」

本音をいうと未来の街がどうなっているか見てみたい気持ちもあったけれど、好奇心を優先して戻れなくなるほうが困る。

庭から花火が見えることが判明したから、「タイムスリップ」までのせめてもの楽しみとしてみんなで再び温泉に浸かりながら花火を眺めることにした。

自分たちが知る花火と同じものもあれば、途中で色が変わったり、おもしろい形になったり、終わり際にいま一度キラキラと光を発するものがあったりする。変わり種もおもしろいが、昔ながらの花火が残っていることになんとなくほっとする。

変化を続けながらも、残るものは残るのだろう。……残っていってほしいと思う。失うのは簡単で、取り戻すのは往々にして難しいものだから。

花火に感嘆していた玉緒が、「タイムスリップ」の予定時刻が近づくにつれて無口になっていった。

「……本当に、戻れるんでしょうか」

「たぶんね。戻れなかったとしても、僕はそう悲観することはないと思っているよ」

不安に満ちた瞳で見上げてくる恋人の髪をくしゃりと撫でて安心させるように微笑むと、聡真が思いがけない申し出をしてくれた。

「戻れなかった場合は俺がお世話させてもらいます」

聞けば、彼の実家は壮慈たちの時代にすでに莫大な財産を築いて財閥になっていた司堂伯爵家で、現在は彼の兄が頭領を務めているのだという。彼自身も大学で講師をする一方、ときおり兄の手伝いをして「それなりの額」を稼いでいるとのこと。

「明月先生の新作を読めるんなら、いくらでも援助させてもらいます」

「わ〜、聡真くん、パトロンってやつになるんだね？　現代の明月先生がどんな作品を書かれるかめちゃくちゃ興味ある……！」

「ふむ……、たしかに僕も興味があるな」

「先生ったら、ご自分でそんなことおっしゃるんですか」

玉緒が笑うけれど、本心だ。

日常的に触れているものが価値観をつくり、作品にも影響を与える。時代が違えば同一人物でも違う作品を生み出すはずなのだ。この時代に自分が何を書けるかは、想像がつかないだけに興味深い。

（まあ、何も書けなくなる可能性もあるんだけど……）

そうなったらパトロンに申し訳ないな、と思ったら、直史が玉緒の仕事についても言及した。

「玉緒さんは、あんなに格好いい装丁とイラストを生み出せる時点で普通に仕事もらえそうだよね。いまはネットもあるし」

「ネット……というと、あの『スマホ』でつながっているという世界ですか」

「うん。絵を描いたら簡単に世界中の人に見てもらえるし、それで仕事につながる人も多いらしいよ。玉緒さんの絵、いまでも『画集はないのか』ってときどき問い合わせがあるくらい人気だからめちゃくちゃ人気者になっちゃうかも」

どうやら恋人のほうがこの時代に適性があるらしい。まあ、元の時代でも壮慈は自分が世間に適性があったとは思っていないけれど。

評価に目を瞬いた玉緒が、うれしそうに頬を染めて壮慈を見上げてきた。

「万が一のときは、僕が先生を養いますね！」

「うん、ありがとう」

ふふ、と笑って壮慈は恋人を湯の中で抱き寄せる。

「どんなことがあっても、玉緒がいてくれたら僕も励めるよ」

「先生……」

ほころぶように玉緒が笑った瞬間、風が吹いて紅葉が舞った。

「時間です」

聡真の声に頷いて、ふたりで温泉の水鏡に手を伸ばした。

いつの間にか花火は終わり、頭上には大きな満月が輝いていた。湯気の中、湯に映る月がキラキラと崩れてはまたひとつになるのを繰り返す。

もし戻れなかったら、ずっとこちらの世界で暮らすことになる。

さっき口にしたのは本心だけれど、願わくば元の世界に戻りたい。

自分たちが互いへの愛情を最上の位置に据えていられるのは、生活に困ることなく、周りに許される環境だからこそだ。

環境が変われば自分たちもきっと変わってしまうだろう。心置きなく玉緒と愛おしみあう日々のためにも、この時代より不便でも自分たちの世界に戻りたい。

さあっと湯けむりを払うように強い月光がさして、舞い散る紅葉の色をいっそう鮮やかに照らした。

水鏡の満月に触れた瞬間、ぱあっと世界が光に包まれる。

来たときと同じ、上下左右がわからなくなる感覚。不思議な浮遊感と引力。

光の中でしっかり玉緒を抱きしめた壮慈は笑みを浮かべ、呟いた。

「ありがとう、おもしろかった」

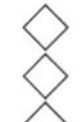

まぶしさに目を閉じた一瞬で、すべては終わっていた。
約一時間前と同じように、紅葉の舞い散る露天風呂で聡真は直史と湯船に浸かっていた。ほかに誰かいた気配はなく、満月の映る湯も静かだ。

はふ、と腕の中の直史が息をついて目を開けた。

「行っちゃった……？」

「はい」

「なんか、夢をみてた気分……」

きょろきょろと周りを見回して、聡真の内心と同じ内容を口にする。ふ、と唇がほころんだ。

「ふたりで同じ夢をみてたのなら、それはそれで楽しいですね」

「明月先生の小説っぽいね」

明月霜路の幻想怪奇小説にしてはほのぼのしていたけれど、のんきな直史が作中にいる時点でたぶんシリアスにはならないだろう。恋人のそういうところを聡真は愛している。

数日後、大学の研究室で息抜きに専門外の本を読んでいた聡真のところに、日本近代文学の研究をしている同僚が興奮気味に駆け込んできた。

「事業家の屋敷の蔵のひとつから明月霜路の新作と思われる原稿が見つかったぞ！　残念ながら大半が焼失しているが、読める部分だけでもすごいんだ！」

「……へえ、それは興味深いな」

本人の作品かまだ検証段階だけれど、作中に現代の機械に似たものがいくつか登場していることで作者はジュール・ヴェルヌのような予言者だったという新たな胡散くさい噂が生まれたらしい。

（……その原稿、できれば完全な形で読んでみたかったが、天の気まぐれで直接会えただけでも僥（ぎょう）

倖（こう）だよな）

読み返していた明月霜路の本をくすりと笑って閉じた聡真は、自分たちだけが知る不思議な時間の顛末（てんまつ）を恋人に伝えるべく、離れていても即時つながれる便利な機械——スマホを手に取った。

「箱庭ろまんす」より

水辺の佳人

盛夏の暑さを避け、秋月家の瀟洒な山荘を訪れた壮慈は玉緒を連れて散策に出た。街中より涼しいとはいえ、蟬時雨の中をしばらく歩くと汗ばんでくる。

「疲れたかい？」

「いいえ。先生とのお散歩は楽しいです」

微笑むものの〝玉緒の息は慣れない山道で上がっていて額に汗が光る。

けなげだなあ〞と愛おしさを覚えて、壮慈は漆黒の絹糸のような恋人の髪を撫でた。

「少し涼んでいこうか。この先に水浴びできる沢があるよ」

ぱあっと顔を輝かせる玉緒は、しとやかな見た目によらず水遊びが好きだ。

正しくは、水が作る波紋、そこに映る光のゆらぎと反射、しぶきのきらめきが好きらしい。絵を描くのが好きなだけあって楽しみ方が違う。

青紅葉に囲まれた沢は、木漏れ日と水面で反射した光が葉の陰で混じりあい、しっとりと湿度を帯びた風が涼しかった。

「綺麗ですね……」

ほう、と息をついた玉緒が、指先を水に浸すなりひゃっと猫のように身をすくめる。

「冷たいです……！」

「最初はね。慣れると気持ちいいよ」

笑って壮慈も水底が見えるほど透明な水に手を浸ける。

ふと悪戯心が湧いて手のひらで水を飛ばすと、目を丸くした恋人が笑って反撃してきた。子どものようにはしゃぎながらぱしゃぱしゃと水しぶきを飛ばしあう。

「もう、先生、降参です。これ以上されたらびしょ濡れになります」

「脱いでもいいよ？　ここには僕しかいないんだし」

にっこりして返したら、頬をふわりと染めた玉緒が「先生ったら……」と言いながらも本当に帯に手をかけた。

「おや、その気になった？」

「違います……！　水浴びするだけです」

真っ赤になって言い返した玉緒が背を向けてするりと絽の着物を脱ぐ。

しなやかな後ろ姿にそそられるけれど、水浴びをする間くらいはおとなしく見守ってやろうと壮慈は腕を組んで木にもたれた。

恥ずかしがりやながらも感じやすい恋人は見ているだけで可憐に震えるから、数分もせずに壮慈のもとにやってくるだろう。そうしたら……と楽しい予定を立てている耳に、カサッと葉擦れの音が届く。

鳥か虫、小動物かもしれないが、兄の剛幸も近くの山荘に避暑に来ると言っていた。万が一ということもありうる。

「タマ、悪い虫が寄ってきたらいけないから何か一枚着てお入り」

「虫……ですか？」

ぱちくりと目を瞬いたものの、壮慈の言葉をなによりも大事にする恋人は素直に頷いて素肌に長襦袢(ながじゅばん)を身に着ける。

「これでいいですか？」

「うん」

ほっとしたのも束の間、水浴びを始めた玉緒の姿に壮慈は重大な事実を知る。

清楚な白い襦袢がしっとりと濡れ、体に張りつくと肌の色がうっすら透けてひどく艶(なま)めかしい。下手したら全裸より扇情的だ。水面で反射した光がちらちらするあの魅惑的な内腿に目を奪われない男がいるだろうか。

ふくらはぎで堕(お)ちた久米仙人(くめのせんにん)でなくとも、水場の美人は目の薬であり、目の毒だ。

しばし恋人を眺めていた壮慈は、念のために葉擦れの音がしたあたりに石を投げた。ちょろりとイモリが飛び出してきたのを確認して木から身を起こす。

まずはひんやり、ほどよく冷えた美味しい恋人を味わおう。

今後の悪い虫対策について考えるのはそのあとだ。

あつあつ相愛クッキー

「純愛スイーツ」より

「……焼きたてのクッキー、食べてみたいなあ」

テレビを見ながらの啓頼の呟きに、「作ります？」とさらりと提案してきたのはパティシエをしている恋人の己牧だ。

「いいの？　せっかくのお休みの日に」

「ヒロさんの『むしやしない』を作るのは、僕の趣味ですから」

にっこりしてくれる恋人の可愛さと尊さを思わず拝んでしまう。

さっそく色違いのおそろいエプロンを身に着けて、初めてのお菓子作りに挑戦することになった。

プロの指示に従って、きちんと計量した材料を混ぜ合わせ、できた生地はしばらく冷蔵庫で休ませる。型抜きクッキーは冷やしたほうが綺麗にできるらしい。

生地を休ませている間は恋人とのいちゃいちゃタイムだ。恋人と「なかよし」な時間をすごしていると一時間くらいあっという間にたってしまう。

しっかり生地を休ませたら、今度はローラー式めん棒でのばす作業。

動物のドクターをしている啓頼は器用なほうだけれど、やはりプロは違う。己牧がのばすと見事に厚さが均一になるし、木製のめん棒を両手でころころさせている姿が頼もしくも愛らしい。

「ヒロさん、そこの箱から好きな抜型選んでください」

「了解～」

「決まりました？」

「うん。こまちゃんへの気持ちをこめて選びました」

にっこりしてハートの型を掲げて見せると、大きな目を丸くした己牧の頬がふわりと甘く染まった。

「……それ、食べたら割れちゃうじゃないですか」

「大丈夫、こまちゃんと俺で半分こしたらまたひとつになるよ」

「〜〜〜〜っ」

ますます赤くなる恋人の頬は熟れた果実のようにおいしそうだ。いますぐかぶりつきたくなるけれど、クッキーを放ってはおけない。

幸せの形に抜いた生地を天板に並べて、オーブンで十五分。

待ち時間に恋人をちょっと味見して、クッキーが焼きあがったら熱々の甘いハートをゆっくりふたりで味わおう。

おいしいしあわせ暮らし

「しあわせ片恋暮らし」より

しとしととそぼ降る雨。やわらかな水彩色の紫陽花。

家の中で眺めているのがいちばんだけれど、思いがけずに恋人に会えたら雨の中の外出も幸せに変わる。

「倫！」

「カイル……⁉」

和装に馴染む赤い和傘をさした倫は、紫陽花を背に絵のように美しい。カイルは足許の水が跳ねるのも気にせずに大股で近づき、彼が手にしている袋が自分と同じ店のものであることに気づく。

「『麦』に行ってたの？」

「うん。その袋、カイルもだよね？　タイミングが合わなかったね」

「同じくらいの時間帯に同じお店のパンを買いに行ってるんだから、気は合ってるよ」

にっこりして返すと、「気が合いすぎてしばらくパン生活になるね」と倫が笑う。

「それにしても、仕事帰りにわざわざこっち方面までバスで来たの？　ひとこと言ってくれたら僕が車で迎えに行ったのに」

「雨降りの日に悪いし……って、カイルもせっかくの在宅勤務の日なのにわざわざここまで来たんだね」

「このまえ米原くんにもらったパンを倫が気に入っていたからね」

「……僕も、カイルが気に入っていたからお土産にしようと思って」

軽く袋を掲げて見せた倫と目を見合わせ、ふたりで笑いだす。

カイルも倫もお互いを喜ばせたくて、一緒に住んでいる永江家から離れた街にあるブーランジェリーまで雨の中をはるばるやってきたのだ。

あと五分、倫が『アトリエ　麦』にいたら、もしくはカイルが早く店に入っていたら、一緒に買い物できただろう。でも、お互いが相手のために買った「好きそうなパン」を披露しあうのもそれはそれで楽しい。

「車で来てるから、一緒に帰ろう？」

「うん……って、カイル、なんか距離が近くない？」

「倫がいると離れていられないから仕方ないね」

しゃあしゃあと返したら恋人が少し困った顔をする。その表情も、身長差で自然に上目遣いになっているのも可愛くて、もっと近づきたくなった。

「ちょ……、それ以上近づいたら顔がぶつかっちゃうよ？」

「ぶつけないよ。軽くくっつけるだけ。傘で隠すから、おかえりのキスをひとくちだけちょうだい」

「ひとくちだけって……」

苦笑しながらも、倫は傘に隠れての一回のキスを許してくれる。

やわらかく唇を触れさせ、離れる前に鼻先も触れさせた。家で待つ我らがもふもふプリンセス・アオの真似をした鼻キスは、ささやかで幸せなおまけだ。

Bonbonnière

去年甘精デート兼
流行研究会〜
むむ…
こまちゃん的にはナシだった？
めずらしく眉間にシワが
あ、いえ おいしくないというわけでは…
ただ…
ここにおじいちゃんの炊いたあんこが入ってたらもっといいなって…
なにかが足りない感じ…！
それはもう生どらでよくないかい？
もりはらの生どら
こまちゃんの焼くスポンジではさむのもいいなあ〜
あんこだ！
テクノサマタ
「純愛スイーツ」より
習ってきました！

手洗いソングをみんなで
「お兄ちゃんのお嫁入り」より
花小蒔朔衣
（原作　間之あまの）
ガチャ
!!
egg
butter
&
Sugar

むねのふれんちとーすと！
まって礼央、
かえってきたらまず……？
『ただいま』！
そんで、てあらい、
うがい
たたっ
さすが、礼央
にこっ
むふー
さすが、
留奈

ただいまー
おう、
おかえり

わあっ
とたたたっ
それ、ぼくの?
ああ。
半分は留奈のな
にーちゃとむねのは?
今から焼くとこだ
ほら、落とさないように持ってけ
はー
いっぱいあるいておなかぺこぺこだから、
アイスクリームも!
はは

スプーン一回ぶん
だけな
理緒にやって
もらえよ
ジュワ
すっ
これで
やまもり!
サラダ
取り分け用
うーん
硬くて
山盛りは
難しいなー
ちび
ちび

そういや
さっき、
季節はずれ
なの歌って
なかったか？
……？
あ！
手を洗ってたときの
さっきのうた？
おてあらう
うただよ
んん？
『あわてんぼうの
サンタクロース』
に聞こえたが？
おにいちゃんが
替え歌にして
くれたの

へえ、どんなのだ？歌ってくれよ、理緒
い
ま
い、
いまですか？
撮る気ですか……!?
いいだろ。俺、理緒の歌声好きなんだよ
歌ってないときの声も好きだけどな
かぁ
こほん、

両手を
合わせて
ごしごし
するよ
おててのの
背中も
忘れずに
親指にぎって
くるくる
するよ
00:00:19
指の間も
ちゃんと～
手首
手首
爪も～

ほっ
指の背も忘れずに〜
ソロコンサートにならずにすんだ
宗匡さん？
……いや、うちの三人があんまり可愛くてな
この動画は永久保存だな
ええ……!?
いえ
数日後
親指にぎってくるくるするよ
重低音ボイスで…っ

end

高星麻子
（原作　間之あまの）
恋人に言われてみたかった愛の言葉特集。
君恋ファンタスティック
いっぱい ありますけど…
「俺のものになってくれてありがとう」でしょうか…
イタリア育ち カメラマン
初恋ドラマティック
僕もたくさん ありすぎて…
「ルイは 私の天使だよ♡」
息をするように 甘い言葉を口にする フランス人社長
シンプルに「愛してる」が うれしいかも しれません
ほほう？
えー なんだろ？
「椎名のいない世界で 生きていたくない… だからお前が俺を殺してくれ」
かなぁ
自覚のない メロメロモデル
えっ
あれ？
俺のこと好きすぎて かわいくねえ？
片恋ロマンティック
許容範囲は 人それぞれ
蜜恋エゴイスティック
うーん… 俺の骨さえ他の人に 見せたくないから
「希理さんより何日か 長生きしないと」
ってやつかな
にっこり
病んでる系 わんこ風モデル
重いっちゃ重いけど そこまで俺のこと 好きなのかーって
えぇー…
あれ？ ムリ？

「片恋ロマンティック」「初恋ドラマティック」
「君恋ファンタスティック」「蜜恋エゴイスティック」より

カワイチハル

「はじめての恋わずらい」より

司堂聡真… 直史に関することだったら 全力をつくす男。

カワイチハル

「箱庭ろまんす」より

今日は先生と出会って10年の記念日!! 先生に特別な一日をすごしてもらいたい!!
ぐっ

特別キレイに
きゅっ
きゅっ
特別な景色…

特別な膳を…

チュン
チュン

スラー
先生…

……。
まだねてた…

Zー
ぽふ

じ…

うと
大スキ…

スヤァ…

パチ

すー

Zー

あらー
すやー

毎日特別に壮慈につくしたいので いつもと同じ1日になってしまったのだった。

カワイチハル
スペシャル
おまけラフ
「箱庭ろまんす」より
酔っ払い直さんと
介抱を装おう
聡真くん
「はじめての恋わずらい」より

作品世界を
もっと楽しむ

Bonbonnière

キャラクターゲスト出演&リンク一覧表

お兄ちゃんのお嫁入り

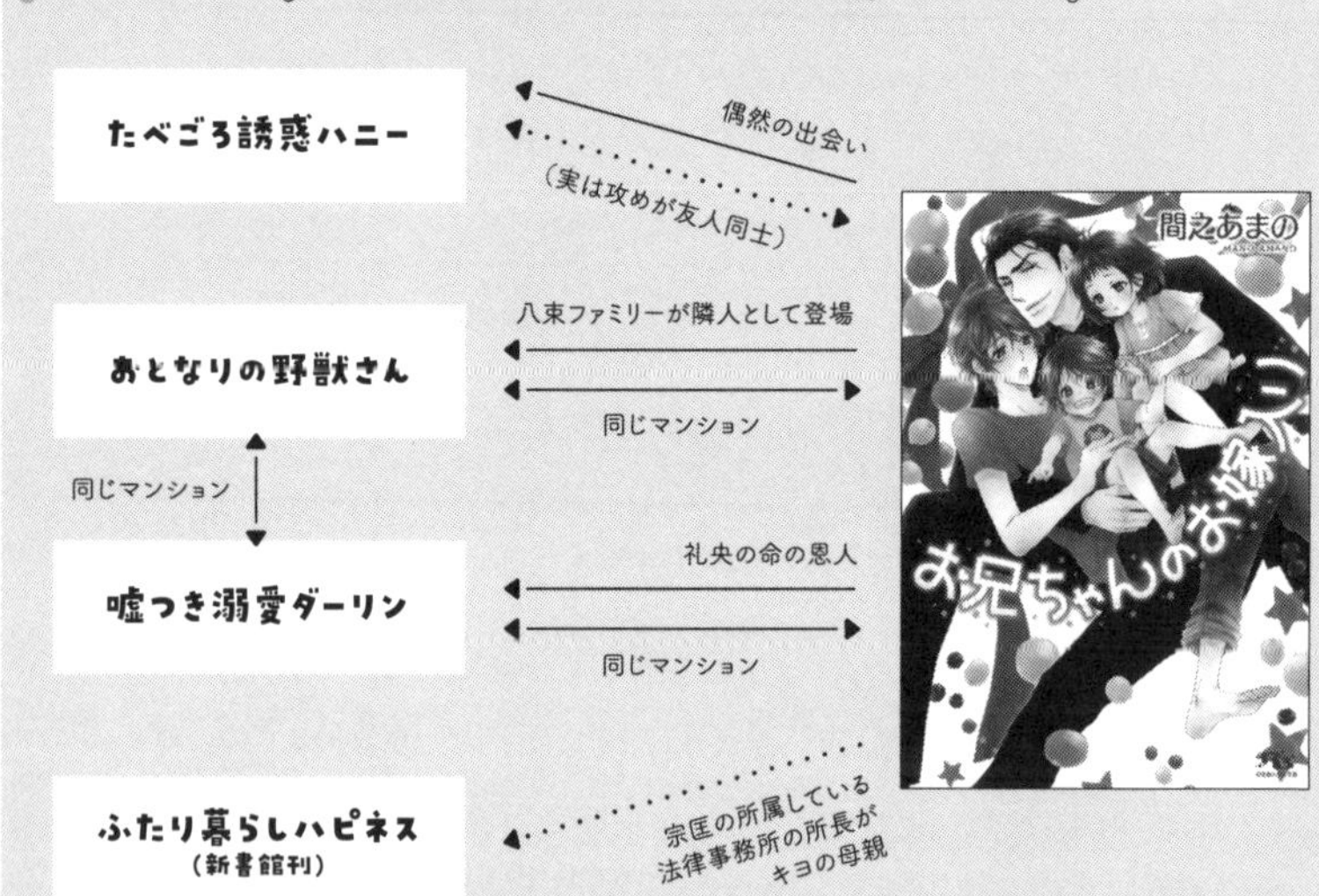

嘘つき溺愛ダーリン

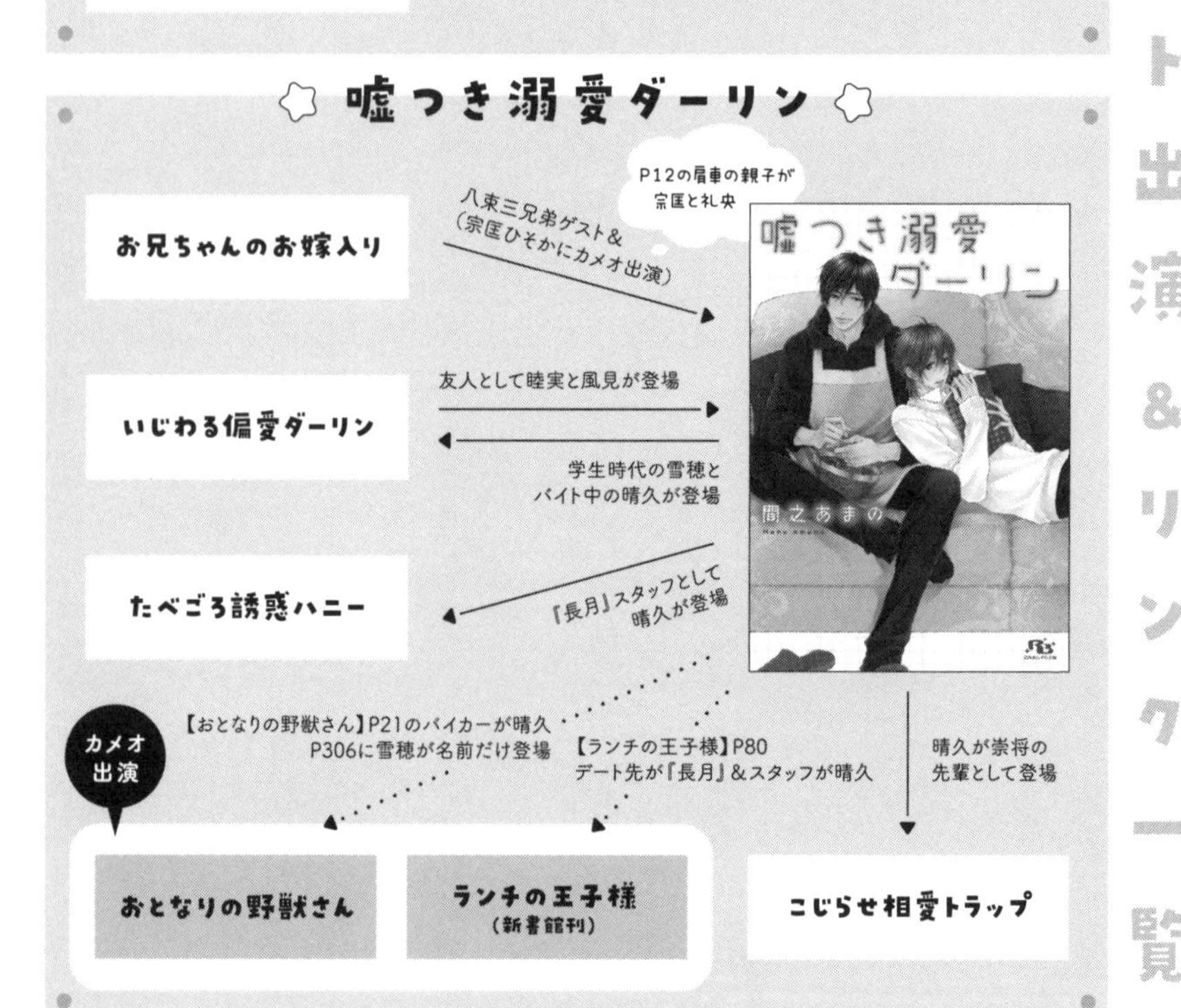

いじわる偏愛ダーリン

いじわる偏愛ダーリン → 嘘つき溺愛ダーリン：友人として睦実と風見が登場

嘘つき溺愛ダーリン → いじわる偏愛ダーリン：学生時代の雪穂とバイト中の晴久が登場

いじわる偏愛ダーリン → たべごろ誘惑ハニー：百瀬のバイト先『卯月』の契約農家として睦実が登場

いじわる偏愛ダーリン → しあわせ片恋暮らし：幼少期の睦実が書道教室の生徒として登場／巻末SSに秋山農園が登場

片恋ロマンティック → いじわる偏愛ダーリン：風見が睦実にプレゼントしたブランドが『indigo』

君恋ファンタスティック：（遼成たちが食事に行った『水無月』は秋山農園の取引先）

ランチの王子様（新書館刊）：悠一郎は風見の会社（IT系）の社員

こっそりリンク

- 片恋ロマンティック
- 君恋ファンタスティック
- ランチの王子様（新書館刊）

たべごろ誘惑ハニー

おとなりの野獣さん
P26：朋の母親が持たせた引っ越しの挨拶用のお菓子の購入先が『卯月』

溺愛モラトリアム（新書館刊）
P74：啓吾が差し入れのマフィンを買ったオーガニックカフェが『卯月』

こじらせ相愛トラップ
P170：晴久が持ってきた菓子折りとおまけのガレットの購入先が『卯月』

お兄ちゃんのお嫁入り → たべごろ誘惑ハニー：八束三兄弟登場

嘘つき溺愛ダーリン → たべごろ誘惑ハニー：『長月』スタッフとして晴久が登場

いじわる偏愛ダーリン → たべごろ誘惑ハニー：『卯月』の契約農家として睦実が登場／SS「恋人エンクロージャー」内でも壮平が『卯月』の焼き菓子を手土産に持参している

おとなりの野獣さん

お兄ちゃんのお嫁入り

八束ファミリーが
隣人として登場

嘘つき溺愛ダーリン

下の階の住人として
地の文で雪穂登場

【おとなりの野獣さん】P21で
雄豪と談笑しているのは晴久

ダメ博士とそばかすくん

雄豪と朋ゲスト出演

『麦』のスタッフとして
実里が登場

ふたり暮らしハピネス
（新書館刊）

キヨの
「お気に入りのブーランジェリー」が
『アトリエ麦』

ダメ博士とそばかすくん

しあわせ片恋暮らし

【しあわせ片恋暮らし】本編に千堂が、
巻末SSに千堂と実里がゲスト出演

千堂の友人としてカイルが登場

幼なじみ甘やかしロジック

一弥が研究生として登場
（名前は出ない）

千堂と実里が
「神と神」（一弥談）として登場

おとなりの野獣さん

雄豪と朋ゲスト出演

『麦』のスタッフとして
実里が登場

ふたり暮らしハピネス
（新書館刊）

キヨの「お気に入りの
ブーランジェリー」が『アトリエ麦』

脇キャラの東原が
常連客として登場

こじらせ相愛トラップ

はみだし小ネタ

【ダメ博士とそばかすくん】の実里が通う大学は【幼なじみ甘やかしロジック】の一弥と【嘘つき溺愛ダーリン】の晴久も通っている。

しあわせ片恋暮らし

千堂の友人としてカイルが登場 → **ダメ博士とそばかすくん**

← 【しあわせ片恋暮らし】本編に千堂が、巻末SSに千堂と実里がゲスト出演

← 巻末SSに秋山農園が登場 **いじわる偏愛ダーリン**

流衣の上司の夏木が登場

会社がリンク

片恋ロマンティック　**初恋ドラマティック**

倫に仕事を依頼した会社が『Sprince』

はみだし小ネタ

倫と【いじわる偏愛ダーリン】睦実と【嘘つき溺愛ダーリン】の雪穂は幼なじみ。

幼なじみ甘やかしロジック

← 美春が美貌の店長として登場（名前は出ない） **こじらせ相愛トラップ**

→ 一弥と同じ研究室の東原が客として登場

一弥が研究生として登場 → **ダメ博士とそばかすくん**

← 千堂と実里が「神と神」（一弥談）として登場

← 【幼なじみ甘やかしロジック】P94で壮平と一弥が見ている映画は【嘘とひつじ】レオンの監督作 **嘘とひつじ**

→ 【嘘とひつじ】P68で服を貸してくれた「元読モの子」は【幼なじみ甘やかしロジック】【こじらせ相愛トラップ】のショップ店長

【幼なじみ甘やかしロジック】巻末SSでのデート先は壮平が奮発して『オテル・ド・エリオス』に宿泊

↓ **初恋ドラマティック**

はみだし小ネタ

【幼なじみ甘やかしロジック】の壮平が勤めている出版社は『おとなりの野獣さん』の雄豪の本も出している。P149の「出版社主催のサイン会」は雄豪ことゴーシュ・マカミのサイン会。

こじらせ相愛トラップ

いじわる偏愛ダーリン → 晴久経由で出てくるIT会社社長が風見

たべごろ誘惑ハニー → 晴久の手土産と崇将がもらったお菓子は『卯月』のもの

嘘つき溺愛ダーリン → 大学院で同じ研究室のOBと後輩
崇将のバイト先は『長月』

ダメ博士とそばかすくん →

【ダメ博士とそばかすくん】脇キャラの東原が【幼なじみ甘やかしロジック】でセレクトショップ『cla』に出会い常連客として登場

セレクトショップの美貌の店長として美春が名前を出さずに登場

作中の防犯に詳しいお客様は一弥

幼なじみ甘やかしロジック

嘘とひつじ

【嘘とひつじ】P68で服を貸してくれた『元読モの子』は【こじらせ相愛トラップ】の美春

片恋ロマンティック

【片恋ロマンティック】の『indigo』の服も『cla』で取扱い中
美春の妹アリサの推しモデルが「Clan」

ランチの王子様（新書館刊）

初めて出かけた日に大沢が真尋を連れて行ったセレクトショップが『cla』

キスと小鳥

恋とうさぎ ← 【恋とうさぎ】本文と巻末SSにカップルでゲスト出演

相模原が利仁のイトコ兼超有能秘書として登場 →

恋とうさぎ ↓ レオンの友人として相模原がゲスト出演 ↓ 嘘とひつじ

嘘とひつじ ← レオンの友人として利仁がゲスト出演

はみだし小ネタ

【おとなりの野獣さん】雄豪がバレンタイン用に注文した伝票のひとつ『長野の果樹農園』は、実は【キスと小鳥】の日向の祖父母が営んでる果樹園。独自に交配した人気林檎「シナノ☆プレシャス」を取り寄せている。

恋とうさぎ

相模原が利仁のイトコ兼超有能秘書として登場 →

← 【恋とうさぎ】本文と巻末SSにカップルでゲスト出演

キスと小鳥

レオンの友人として利仁がゲスト出演 ↓

レオンの友人として相模原がゲスト出演 →

← 【恋とうさぎ】P270のコンシェルジュは弥洋

嘘とひつじ

はみだし小ネタ

【箱庭ろまんす】壮慈が滞在していたホテルは、現在の建物とは別の『ホテル サガミ』。兄に連絡を入れた支配人は、相模原の父方のご先祖。

嘘とひつじ

← 利仁がレオンの友人としてゲスト出演

キスと小鳥

← 相模原がレオンの友人としてゲスト出演

【恋とうさぎ】P270のコンシェルジュは弥洋 →

恋とうさぎ

【幼なじみ甘やかしロジック】P94で壮平と一弥が見ている映画は【嘘とひつじ】レオンの監督作 →

幼なじみ甘やかしロジック

↑ 【嘘とひつじ】P68で服を貸してくれた「元読モの子」はじつは美春

こじらせ相愛トラップ

片恋ロマンティック

初恋ドラマティック

椎名と春姫社長登場
（琥藍は存在の匂わせあり）

流衣が同僚＆友人で登場

君恋ファンタスティック

春姫社長のみ登場

蜜恋エゴイスティック

学生時代の琥藍と椎名が登場＆
マネージャーのイノサンが登場

翔吾が撮影で着ていた服は
『indigo』のもの

【片恋ロマンティック】P53で
琥藍をモデルに誘った
クラスメイトは希理（名前は出ない）

睦実に風見がプレゼントしたブランド服は『indigo』

倫がロゴを引き受けた
ブランドは『Sprince』

いじわる偏愛ダーリン

しあわせ片恋暮らし

初恋ドラマティック

はじめての恋わずらい

【はじめての恋わずらい】巻末SSに
出てくるホテルが『エリオス』

【初恋ドラマティック】P262に
ひそかに『三毛屋』登場

ダメ博士とそばかすくん

『麦』の店長がつられた
「魔法の粉」は『エリオス』の
パン専用小麦粉

幼なじみ甘やかしロジック

【幼なじみ甘やかしロジック】
巻末SSの
お泊まりデート先が『エリオス』

流衣の友人＆同僚として椎名登場
（琥藍は存在の匂わせあり）

椎名の友人＆
同僚として流衣登場

倫に仕事を依頼した
会社が『Sprince』＆
流衣の上司の夏木登場

片恋ロマンティック

しあわせ片恋暮らし

君恋ファンタスティック

『Sprince』の春姫社長登場 ← **片恋ロマンティック**

遼成登場、景はちらっと登場 → **蜜恋エゴイスティック**
← 『スタジオK』のメンバーとして希理登場

→ **ふたり暮らしハピネス**（新書館刊）
安里のお気に入りの写真集は遼成の『Ref』

実は近所で同じ商店街が登場する

たべごろ誘惑ハニー	純愛スイーツ	溺愛モラトリアム（新書館刊）

蜜恋エゴイスティック

学生時代の琥藍と椎名が登場＆マネージャーのイノサン登場 ← **片恋ロマンティック**
翔吾が撮影で着ていた服は『indigo』のもの

→ 【片恋ロマンティック】P53で琥藍をモデルに誘ったクラスメイトは希理（名前は出ない）

遼成登場、景はちらっと登場 → **君恋ファンタスティック**
← 『スタジオK』のメンバーとして希理登場

はみだし小ネタ

【君恋ファンタスティック】P56、遼成と景が行ったお店の『水無月』は
【蜜恋エゴイスティック】P175、希理が「遼成さんに教えてもらった」と言っているお店。

純愛スイーツ

実は近所で同じ商店街が登場する

たべごろ誘惑ハニー

君恋ファンタスティック

溺愛モラトリアム

【たべごろ誘惑ハニー】
P48のウサえもんの主治医は
【純愛スイーツ】の春野先生

はみだし小ネタ

【おとなりの野獣さん】P99で、雄豪が仲直り用に持参した和栗のロールケーキは「ロールケーキが一番人気の店」=『もりはら』のもの。
【ランチの王子様】(新書館刊) P213で、鶴乃が真尋の誕生日に用意した和栗のロールケーキも『もりはら』のもの。

はじめての恋わずらい

【箱庭ろまんす】10章から
【はじめての恋わずらい】1章の
順で読むと
直史の祖父が持っている
本の作者と装丁家がわかる

箱庭ろまんす

【はじめての恋わずらい】P206で、
会場となっているホテルは
【初恋ドラマティック】の
『オテル・ド・エリオス』

初恋ドラマティック

【初恋ドラマティック】P262に
ひそかに『三毛屋』登場

箱庭ろまんす

作中の高級料亭は同じところ

旦那様は恋人を拾う

【箱庭ろまんす】
P23「呉服問屋の友人」＆
P102「欧米帰りの友人」は
どちらも桐一郎

お団子屋『彦屋』は
どちらにも登場

公爵は愛妻を攫う

【箱庭ろまんす】10章から
【はじめての恋わずらい】1章の順で読むと、
直史の祖父が持っている本の
作者と装丁家がわかる

はじめての恋わずらい

はみだし小ネタ

壮慈が滞在していたホテルは、現在の建物とは別の『ホテル　サガミ』。兄に連絡を入れた支配人は、相模原の父方のご先祖。

※『ホテル サガミ』と相模原は『恋とうさぎ』参照。

公爵は愛妻を攫う

箱庭ろまんす

お団子屋『彦屋』はどちらにも登場

P73
「……そういえば『彦屋』の
みたらし団子に～」

P169
「～キヌが贔屓にしている菓子屋の
花見団子だ」この菓子屋が『彦屋』

P302
「では『彦屋』の餡団子を！～」

西洋風の喫茶店（カフェ）（同じ店）が登場

P188
連れて行かれたのは予告
どおりの高級料亭だった。
臈たけた美人女将が～

桐一郎は
楓の兄として登場＆
六花は楓と仲よし

P55
「～百貨店からほど近いところにある
優雅な喫茶店（カフェ）だった。」

高級料亭＆
美人女将が
どちらにも登場

P47
「東條がお昼に予約してくれ
ていたのは一流の高級料亭、
～臈たけた美人女将が～」

P134
「おう、橋向こうの喫茶店（カフェ）で～」

旦那様は恋人を拾う

旦那様は恋人を拾う

侯爵は愛妻を攫う

桐一郎の弟が楓
楓と六花は仲よし

西洋風の喫茶店（カフェ）
（同じ店）が登場

箱庭ろまんす

作中の料亭は同じところ

【箱庭ろまんす】P23
呉服問屋の友人＆P102欧米帰りの
友人はどちらも桐一郎

「松屋」

あんこが美味しいと評判のお店。六花たちの時代は茶店部分がメインだったが、現代ではイートインもできる老舗の和菓子舗として知られている。
【旦那様は恋人を拾う】P136、【嘘つき溺愛ダーリン】P91、【いじわる偏愛ダーリン】P275、【しあわせ片恋暮らし】P7などにも登場。

Bonbonnière

シリーズ一覧Ⅰ

イラスト：花小蒔朔衣

▶▶▶ ほのぼの溺愛日常系

同じマンション

友人同士

☆包容力弁護士×けなげ＋ちびっこ

お兄ちゃんのお嫁入り
2014年06月　発行

☆年下スパダリ×トラウマ持ち天然

嘘つき溺愛ダーリン
2014年12月　発行

☆頭脳派ＩＴ系社長×トラウマ持ちツンデレ

いじわる偏愛ダーリン
2015年05月　発行

☆年上建築士×ポジティブ＋うさぎ

たべごろ誘惑ハニー
2016年03月　発行

受の職場が同じ

☆ワイルド系作家×小動物系パン職人

おとなりの野獣さん
2017年01月　発行

☆天才型変人准教授×しっかりもの大学生

ダメ博士とそばかすくん
2017年11月　発行

攻が友人同士

☆年下理系×元読モのキラキラ店長

こじらせ相愛トラップ
2022年02月　発行

☆年下わんこ系×モブでいたい研究オタク

幼なじみ甘やかしロジック
2020年10月　発行

☆溺愛系カナダ人幼なじみ×おっとり書道家＋にゃんこ

しあわせ片恋暮らし
2019年05月　発行

シリーズ一覧Ⅱ

イラスト：高星麻子

▶▶▶シリアス・甘せつない・ほのぼの・執着、と一作ずつ違うテイストの四連作

☆フランス人スパダリ×けなげ＋わんこ

初恋ドラマティック
2015年09月　発行

片恋ロマンティック
2015年01月　発行

☆天性の人たらし写真家×生真面目潔癖気味経理

君恋ファンタスティック
2016年07月　発行

☆年下わんこ風院生（モデル）×寂しがり美人

蜜恋エゴイスティック
2017年05月　発行

シリーズ一覧Ⅲ

イラスト：蓮川　愛

▶▶▶トラブルを抱える攻の溺愛系

攻が友人同士

攻がイトコ同士

☆キャラ変社長×ポジティブ大学生＋ことり

キスと小鳥
2018年08月　発行

☆風変わりなスパダリ×天然気味美人

恋とうさぎ
2019年07月　発行

☆金髪碧眼映画監督×一人二役有能美人

嘘とひつじ
2020年11月　発行

単品作品紹介

イラスト／テクノサマタ

☆年上獣医×パティシエを目指す高校生＋わんこ

四六判

純愛スイーツ
2016年11月　発行

イラスト／カワイチハル

☆年下スパダリ院生×超天然古書店主

はじめての恋わずらい
2017年08月　発行

時代もの

イラスト／穂波ゆきね

☆ノーブル年上スパダリ×けなげ美人（女装）

公爵は愛妻を攫う
2014年11月　発行

イラスト／花小蒔朔衣

☆呉服問屋の美貌の店主×過去の記憶がない側仕え

旦那様は恋人を拾う
2021年04月　発行

イラスト／カワイチハル

☆風変わりな作家×薄幸の美少年

箱庭ろまんす
2019年10月　発行

時代もの　時系列

「公爵は愛妻を攫う」

結婚式当日

足入れ婚＝楓は伊勢家を出ている

9月　10月　11月　12月　1月　2月　3月　4月　5月　……　11月　12月　1月　2月　3月　4月　5月　…

「旦那様は恋人を拾う」

【8】章

5月～11月末まで
欧州漫遊の旅

『旦那様は恋人を拾う』P291
SS「恋人は旦那様を叱る」

『旦那様は恋人を拾う』P303
SS「旦那様は恋人を愛でる」

『箱庭ろまんす』P102で壮慈が会った
「欧米漫遊の旅から帰ってきた友人」は桐一郎

作品距離感マップ

※時間は車移動の場合

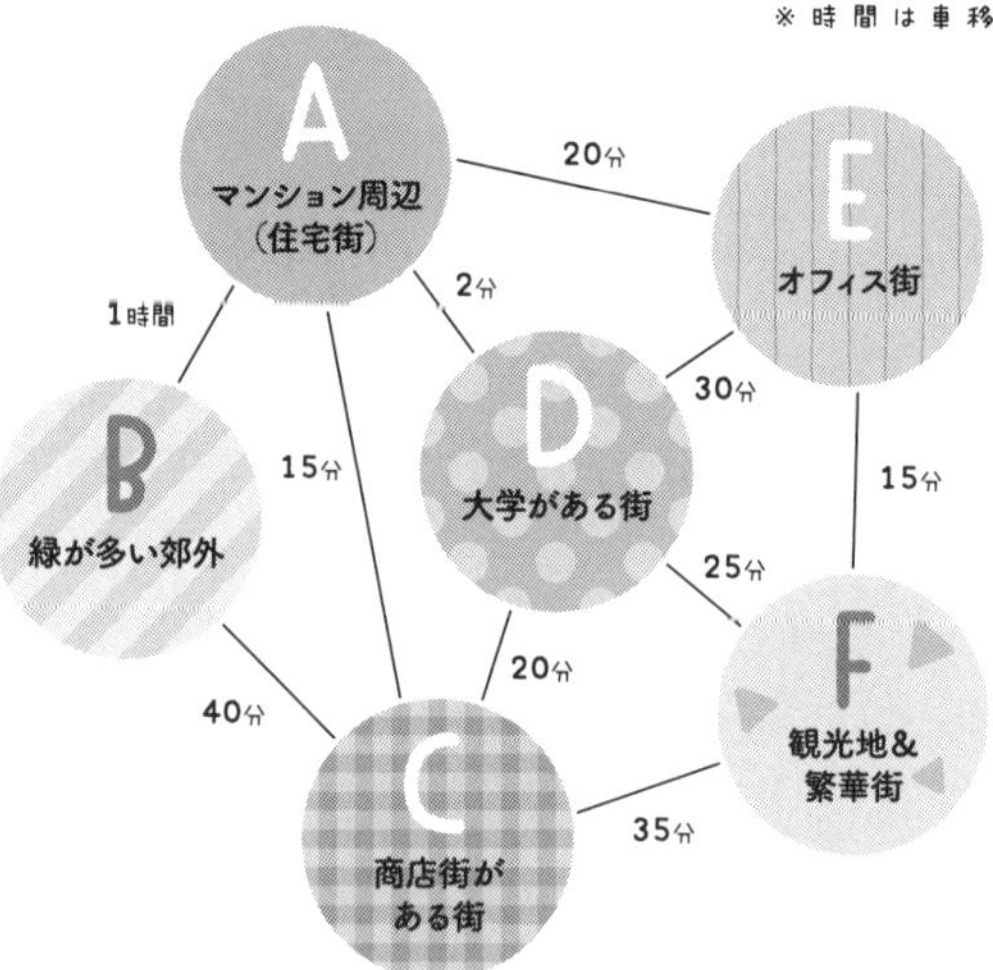

A マンション周辺（住宅街）

同じマンション

・お兄ちゃんのお嫁入り　・嘘つき溺愛ダーリン
・おとなりの野獣さん

・はじめての恋わずらい

B 緑が多い郊外

・いじわる偏愛ダーリン
・しあわせ片恋暮らし

C 商店街がある街

・純愛スイーツ
・君恋ファンタスティック
・たべごろ誘惑ハニー
・幼なじみ甘やかしロジック
・溺愛モラトリアム（新書館刊）

D 大学がある街

大きい病院や大学、専門学校などがある。

・ダメ博士とそばかすくん

E オフィス街

n-EST

・キスと小鳥　・恋とうさぎ

法律事務所

・お兄ちゃんのお嫁入り
・ふたり暮らしハピネス（新書館刊）

・いじわる偏愛ダーリン　・ランチの王子様（新書館刊）

Sprince

・片恋ロマンティック　・初恋ドラマティック

スタジオK

・君恋ファンタスティック　・蜜恋エゴイスティック

F 観光地＆繁華街

シネコンの入った駅ビル＆時代ものにも登場する和菓子舗「松屋」とお団子屋「彦屋」もこの地区にある。

オテル・ド・エリオス

・初恋ドラマティック

ホテル サガミ

・恋とうさぎ　・嘘とひつじ

cla

・こじらせ相愛トラップ

作中関連マップ
マンション周辺編
レトロモダン風
古い外国映画みたい
マンション
駐車場&駐輪場
図書館
Market, Cleaning etc.
幼稚園
★雄豪が大型バイクで現れた脇道
聡真が直史用にリフォームした古いアパート
内装&防犯は最新
桜がきれい
公園
★晴久と雪穂の待ち合わせ &1回目のお花見
★明が襲われる
実里が下宿している祖父母宅
← Sta. (another line)
★迷子のモモが八東三兄弟に出会ったあたり
boulangerie
Atelier 麦
わりと古い家が多いエリア
出窓に猫が並ぶ豪邸
Organic restaurant
長月
古民家リノベーション
ラファエルとルイと愛犬アレクサンドルの新居
高級住宅街
新築が多い
古書店 三毛屋
★実里が「麦」に来た博士を追いかけて行った道
レオンと弥洋の新居
To the university →
★大学の近くにある博士の家から「麦」までは自転車で5分／徒歩25分くらい
ルイの実家
小学校
← Sta.

作中関連マップ
ちょっと郊外編
山手側
（高級住宅地）
幼少期の雪穂の実家
澄絵伯母さんの家
幼少期のカイルの家
プールつき
夏まつりのメイン会場
周りは鎮守の森
神社
マンションのある街へ
（車で１時間）
秋山農園
追熟用の倉庫
★農園へ
納屋
トラクター
etc.
倫、雪穂、睦実が通っていた
小学校
書道教室
永江家
★風見が睦実をおんぶして帰った道
★みんなでお花見した大きな公園
Market etc.
商店街のある街へ（約40分）

作中関連マップ
商店街がある町編
庭付きの古民家
榎本家
景と
遼成の家
水玉ペンギンのすべり台
古い家が多いエリア
ヒロ先生の住むアパート
2階の角部屋
マンションのある街へ（車で15分くらい）
Organic Café
卯月
Market & Convenience store
Sta.
魚屋さん
ヨツはよく出てくる
八百屋さん
百瀬がミニカボチャをもらった
アーケードのある昔ながらの商店街
お菓子のもりはら
己牧の実家
裏庭にはシロさん
ロールケーキが人気！
あげたてコロッケがおいしいお肉屋さん
百瀬の通勤路
一見こぎたないけどめちゃくちゃおいしいたこ焼き屋さん
啓吾と満希が管理して住んでる家
ミモザの木
中庭がある
春野どうぶつ病院
ネコがたくさんいる路地
一弥が大学通学に使用しているバス停
住宅街
HAMBURGER
花火を見るのに屋上はベストスポット
ウサえもんのかかりつけ
ハワイ出身の店長が時々生演奏する

幸せなところから
スタートして、
もっと幸せに。

Special Interview
with Mano Amano

間之あまのスペシャルインタビュー

デビュー10周年を迎え、初のロングインタビューで語られた、
作家「間之あまの」が誕生したきっかけや、物語の欠片が1冊の本になるまで。

生まれたときから身近に本が

——今回は小説家・間之あまの先生がどのように誕生なさったのか、幼少期のお話から伺いたいと思います。まず、子供のころに興味を持っていたものから教えてください。

間之　いろんなことに興味がある子供でした。知ることと考えることがすごく好きだったので、いろいろなことに触れては何かと疑問を抱いていたのですが、質問したら詳しく教えてくれて、わからないときは一緒に調べてくれる母のおかげで、知りたいことを調べたり、別世界を体験したりするのに本がいいと物心がつくころには知っていた気がします。母が活字好きで、漫画も小説も読む人だったので、家にたくさん本があったんです。これは読んじゃだめ、という人ではなかったので、小さいころから結構大人向けの内容のものも読んでいました。ジャンルを問わずに大量の小説や漫画があったので、まさに浴びるように読んでいました。子供だからこそ何を読んでも新しい知識を得られるのが楽しいうえに、知識が増えるほど楽しめるものも増えていったので「全部読む」という感じでした。図書館も大好きでよく行っていたのですが、小学校の図書室は1日2冊までしか借りられないんですよね。2冊借りては翌日返すというのを繰り返していたら、先生に「本当に読んでるの？」と言われて、「読んでないのに返すようなもったいないことはしないよ!?」とびっくりしたこともあります。

——本が好きなだけでなく、読むのも早かったのでしょうか？

間之　特別早かったわけではないと思うんですけど、子供のころから大人と同じくらいのペースで読めていたのかもしれません。小6くらいに

なると、図書室の本はほぼ読みきってしまって、隅っこで埃をかぶっていた夏目漱石や森鷗外、泉鏡花なども読むようになりました。子供だったから深いところまでは理解できていなかったと思うんですけど、背伸びをする読書体験って、意外とその後の糧になったりするんですよね。そのときはわからなくても、成長してからハッとすることがあったり。あと、語彙は増えました。辞書を引くことは親にも勧められていましたし、自分でも気になる言葉をメモしながら読んだりしていたので。「人間は自分の持つ語彙の数でしか思考できない」というフレーズを子供のころに知って、たくさんの言葉を知っていたらたくさん考えられるんだ、とわくわくしながら語彙を増やしていたのですが、多くのことを深く考えるのは、楽しいけれど苦しいことでもあるな、と中学生のころには思うようになりました。ちょっと面倒くさい子供の一丁あがりです(笑)。

—外遊びはしなかったのですか？

間之　誘われたら友達と一緒に外で遊んだりはしたんですけど、家で小説や漫画を読んだり絵を描いていたりするほうが好きでしたね。エンタメをいっぱい与えてもらえたのは母のおかげなので、母が母じゃなかったら、私は今小説を書いてはいなかったと思います。

—中学高校時代は、どのように過ごしていたのですか？

間之　中学高校では優等生の擬態をしてました(笑)。授業を真面目に聞いて、提出物をきちんと出すと、それだけで結構優等生に見えるんですよね。素行がいいと好きなことをしていても許されることを知って、きちんと生きるほうがラクなんだな、と気づきました。……って、優等生風腹黒攻のような発言ですね(笑)。中学生のころは「生きるとは」「人類の存在意義とは」「世界から争いがなくならないのは何故なのか」などについて毎日真剣に考えていたのですが、家族や友達に話をふっても「そんなこと考えてるの？」と苦笑されてしまうので、口には出さないようになりました。そんなときに寄り添って、考えるヒントをくれたのも本でした。世界には自分と同じようなことを真剣に考えている人たちがいるから孤独じゃないし、多面的な見方をできるようになることで自分なりの答えを見つけたり、折り合いをつけたりするのを助けてくれる。物語世界に没入することで気分転換もできる、という感じで。中学生のときにシリアスモードを使いすぎたせいか、高校生以降はわりとのんびりモードになりました。宿題が多い進学校だったので優等生の擬態に苦労はしましたが、頑張りました(笑)。

——その後の進路は将来を見据えた志望校があったのですか？

間之　「言葉と文化」に興味があったので、そういうことを学べる大学に行きました。大学では恩師や友人をはじめ、本当に多様な人に出会って、それまでの自分にはなかった視点や価値観を知ったり、たくさん失敗したりして、すごく世界が広がりました。大学時代に出会ったすべてが作品に大きな影響を与えていると思います。

——アニメはご覧になっていましたか？

間之　それがほとんど見てないんです。子供のころから、あまりテレビを見ない子で。テレビってなんとなく見てるとあっという間に時間が過ぎてしまうので、ちょっと怖いんですよね。流しているだけでたくさんの情報を得られるという面もあるんですけど、視覚と聴覚の両方をテレビに向けるとほかのことができなくなってしまうので、昔から「見たい番組だけ選んで見る」という感じでした。ＢＧＭのようにテレビがついているのが苦手だったので、見たい番組以外は消していたのですが、「自分は見たいのに！」と兄弟から言われて反省しました。その後、兄弟が見ている番組が面白そうなときは一緒に見るようになりました。おかげで人並みに流行の話題に乗ることができたのは良かったです。一人っ子だったら、もっと閉じた感性の子になっていたかもしれません。

表現したい恋愛の形

——ＢＬに出会ったのはいつごろですか？

間之　意識的に出会ったのは大人になってからなんですけど、考えてみると子供のころに、母の蔵書で『風と木の詩』や『ツーリング・エクスプレス』、『日出処の天子』などは読んでいたんです。母が恋愛物全般が好きだったみたいで、男同士も女同士も男女も区別なくそこにあったので、好きになった相手の性別が同じこともある、という受け止め方で、同性だからどうこうという感覚も特になかったと思います。すべて楽しく、美味しくいただく代わりに、同性、異性カップルのどちらかへの強烈な思い入れもなくて。それなら何故ＢＬを書いているのか、という話になってきちゃうんですけど……。

——はい、ぜひ聞かせてください！

間之　デビュー直後くらいに、当時の担当さんからＴＬ（ティーンズラブ）のほうが向いているのではないか、書いてみないかと言われたんです。言われたなら書いてみようかなと思ったんですけど、全然思いつかないんですよ。何故、物語が何も浮かばないのか理由を考えたときに、真面目な話になるんですけど、ジェンダーが関係してるのかな、と。日本を舞台にしたTLの多くは、結婚や子供や家事に関して昔ながらの価値観が主流で、その、女性の幸せを一方的に定義している感じがするのが苦手なのかな、と思ったんです。もちろん結婚と家庭も素敵な幸せなので、否定するつもりは全然ないです。ただ、読むのは楽しくても、自分で書くとなると違う気がして。男性同士だと人としてのポジションが対等で、ジェンダーによるバイアスがかからないのがいいんだ、と気づきました。それでも受さんと攻さんがいて、受さんのほうが女性的に描かれたりすることもありますが、社会的に男性であるという時点で、根本的な部分が違うんですよね。『たべごろ誘惑ハニー』の受さんの百瀬は「好きな人の嫁になりたい子」なんですけど、このお話を私はTLでは書けない。同じ感情でも、百瀬は「嫁になりたい男の子」というだけでマイノリティですが、主人公が女性だと作品が内包するものがまったく違うものになってしまうんです。

――読むのは楽しいけど、ご自身では書けない、と。

間之　価値観は身近にあるもので作られるので、バイアスがかかったイメージを人に刷り込んでいくような小説を自分では書きたくないんだと思います。偏見って自覚しづらいものなので、常に慎重でありたいな、と。恋愛小説を男女で書くと、ジェンダーロールを上手にこなせることが魅力に繋がりがちで、あえてはずして書くにしても、「できない」ことが魅力になる可能性は低いです。男性でも女性でも、自分のことは自分でできる人のほうが魅力的ですよね。その点、同性だったら執筆時に悩まなくていいんです。二人とも料理ができてもいいし、できなくて一緒に努力してもいい。ただ、受さんに女性的なジェンダーロールを押し付けたくない気持ちがあるので、私の小説の中では攻さんのほうが料理ができる人が多くなりがちです。攻さんばかりに求めるのも申し訳ないですが、そこは理想的パートナーということで許していただきたい(笑)。いろいろ考えていくうちに、自分が男女の固定観念を描いて、価値観の形成に加わってしまうのが好きじゃないんだと自覚しました。どちらも自立していて、社会的立場が対等で、ジェンダーバイアスのない関係性で恋愛を描こうと思ったら、自然と男性同士になったんです。同性なら女性同士でもいいんじゃないかという ことになると思いますが、女性は恋愛以前に、社会からの圧力があるじゃないですか。男性よりお給料が安いとかハラスメントとか、そういった問題が背景にある中でエンタメとしての恋愛を書きたいかというと、そんなことはなくて。自分が恋愛に特化したエンタメ作品を書くなら、男性同士がベストな形だったんですね。

――BLの世界観が、先生が表現したい恋愛観と合致したのですね。いつの間にかBL的な作品に触れていたとのことですが、BLをBLと認識したのは、いつ頃だったのでしょう？

間之　最初に「これはBLだ」と気づいたのは、小学校高学年くらいのときです。当時すごく流行っていた少年漫画が可愛らしい絵柄になっている本があったんです。好きなキャラクターが可愛くなっていることに喜んで買ってみたら、公式のものではなかったらしく、心の準備をしていなかったこともあり、すごく驚いてしまって。基本的に何でも美味しくいただくんですけど、原作にはなかった恋愛感情にビックリしすぎて、それ以来BLはなんとなく避けるようになってしまいました。

――その状態を脱して、BLを読むようになったのはなぜですか？

間之　社会人になったあと、プライベートの大きな変化に伴って馴染みのない土地に引っ越したときに、近所に図書館を見つけたんです。何冊か本を借りたら、その中の一作がとても面白くて。その作家さんの他の作品も読んでみようと調べたら、BLも書かれている作家さんだったんです。もともと作家さん単位で作品を読むタイプなのと、ネットでの評価が高かったこともあって、その作家さんのBL作品を読んでみたら、意外とスルッとイケるな、と。物語に力があると、苦手意識すら関係なくなるのを実感しました。ネット書店って1冊買うと次々と薦めてくるので、薦められるまま小説も漫画もどんどん読むようになって、BLってこんなに面白いのか！　と、新しい金脈を発見したような気持ちでした。

新しい趣味がお仕事に

――小説を書き始めたきっかけを教えてください。

間之　あるとき、めちゃくちゃ面白いけれど自分の中で何日も引きずるダメージを受けるほど苦手な設定が入っていた作品を読んでしまったのがきっかけです。大抵の苦手な部分は自分の妄想で書き直すんですけど……子供のころから可哀想なお話を読むとすごく落ち込むタイプだったので、主人公がどう動けば、どういう助けがあれば幸せになれるかを真剣に考えて、心の中でハッピーエンドに書き換えてダメージを浄化するっていう手段を使っていたんですけど、そのお話は作品の根幹に関わる設定だったので、妄想も無力でした。それで、ダメージに効くお薬になるような、自分の好きなものだけでできた作品を読みたいなと思ったのですが、当時はBL金脈を開拓し始めたばかりで、この作家さんなら安心して読めるというのがわからなくて……。思い余って、自分の好物は自分で作るしかない、とDIY精神を発揮しました。書き始めたら、意外と書けるぞ……!? と。実はそのときが、人生で一番小説を楽しく書けたときでした。誰にも見せるつもりがなくて、自分が好きなものだけを詰め込んで、文章も自分がわかればいいやくらいの気持ちで。そうしたら最後まで書けちゃって、自分でも驚きました。

――苦手な設定のその作品がなかったら、今の間之先生はいらっしゃらなかった?

間之　そうなんです。苦手から受けたダメージを浄化するために書こうと思ったので。そのときに書いた作品は、最初は自分で読んで満足していたんですけど、せっかく書いたから私以外の人にも一人くらい読んでもらいたいなという気持ちが湧いてきて、締め切りが一番近かった出版社さんに投稿しました。そうしたら、ありがたいことに編集さんからお電話がきて、いいところを褒められて、直したほうがいいところを具体的にアドバイスしてくださって、「次が書けたらまたうちに送ってください ね」と甘い言葉までいただいて……。それで「私、小説書くの向いてるのかも?」とうっかり勘違いしてしまいました(笑)。あのお電話がなかったら二作目以降は書いていなかったので、思い返すと不思議でありがたい気持ちになります。次に書いたものと3作目は、後の『はじめての恋わずらい』と『公爵は愛妻を攫う』のプロトタイプで、どちらも雑誌「花丸」さんで小さい賞をいただいたのですが、その次の4作目がデビュー作になります。といっても、受賞したわけではなくて、むしろ最初は、ひとつ前の投稿作だった『公爵は~』のスピンオフと見なされて、編集さんから「とても面白かったのですが、規定違反で残念ながら選外になります」というお電話をもらっていました。『旦那様は~』は自分の書きたいものをすべて詰め込んで書けたと思っていたのでめちゃくちゃショックで、物語としては完全に独立した形で書いて、メインキャラは登場させていなかったけど駄目なのか……と呆然としていたんですが、数日後に再びお電話があって、「編集部で話し合った結果、やっぱり面白いので雑誌に前後編で掲載することになりました」と! 大逆転ホームランです。投稿作としてではなく、カラーピンナップ付きで掲載していただいて、ポジション的には謎の新人になりました(笑)。雑誌掲載のみで終わるはずだったのが、読者様がアンケートで評価してくださったおかげで文庫化が叶って、デビュー作となりました。

――投稿を続けたということは、小説家を目指していたのでしょうか？

間之　じつはそういうわけではなくて、当時は新しくできた趣味みたいな感じでした。最初に出した作品を褒めていただけたのが嬉しくて、自分の中で生まれたキャラクターたちが形になっていくのが楽しくて、書き続けたという感じです。自分が小説家になれるなんて夢にも思っていなかったので、デビュー作の『旦那様は恋人を拾う』は人生で最初で最後の本だと思っていたくらいです。でも、本が出たからにはデビューなのかと思って、花丸編集部の方にドキドキしながら「これってデビューですか？」と聞いたら「違います！」と軽やかに否定されてしまったので、これまでデビュー日がわからず、曖昧にしていたんです。でも、ルチル文庫さんの担当さんが「初めての本が出た時がデビューでいいんですよ！」と言ってくださったので、やっと自信をもってデビュー年を言えるようになりました。

――「角川ルビー文庫」からも本が発売されましたが、その経緯を教えてください。

間之　『旦那様は恋人を拾う』の後に別のお話を書いていて、一応花丸さんにも確認したところ、他社さんに投稿してもかまわないということでしたので、ちょうど締め切りが近かったルビー文庫さんに投稿しました。ありがたいことに受賞させていただきまして、出版に繋がりました。

――その後、体調を崩されたとのことですが……。

間之　ルビーさんとお仕事をさせていただけるようになったころ、ちょうどプライベートでも多忙を極めていて、時間的、体力的に限界がきていて、心身ともに完全にダウンしてしまったんです。お話を書きたい気持ちもすっかりなくなってしまって、申し訳なかったのですが色々白紙に戻してもらって、8カ月くらい療養と環境を変えることに専念していました。当時は二度と書くこともないんだろうな……と思っていたのですが、快復してきたころに、ふいに物語の欠片が降ってきたんです。でも、もう書く気はないんだよね……と思いながらも、ちょっと面白そうかもしれない、と欠片を拾って眺めていたら、そこからぶわーっとお話が出てきたんです。まだ書ける自信はなかったのですが、リハビリのような気持ちで書き始めたら、悩みながらもなんとか書けて。途中まで書いたら、ここで止めたらこの子たちはハッピーエンドを迎えられなくなってしまう……と、「親」としての責任感みたいなもので最後まで書き上げました。なんとか完成して読み返したら、あれ、これ面白いんじゃない？　って思えて(笑)。

――復活おめでとうございます！

間之　体調がよくなってくると、気持ちも上向きになるんですよね。そのときの作品が『キスと小鳥』で、最初は花丸さんでweb連載していただきました。その時にTLを書いてみたら、と言われたんですけど、TLについて考えたらBLとも向き合うことになって、今の自分が書きたいのはBLなんだな、と改めて自覚しました。そうこうしていたら、またふっと新しいお話の種が出てきたんです。この子たちを書きたいと思って、私にしては結構速いスピードで書き終えたんですよ。それが後にルチルさんで最初に出していただいた『お兄ちゃんのお嫁入り』なんですけど、そのときに初めてレーベルの傾向を意識して、締め切りの近さではなく、どこに投稿するべきか真剣に考えたんです。ルチルさんは、刺激的な表現にエスカレートしがちなBLジャンルの中でリーフレット(折り込み広告)にも品があって、デザインも綺麗で、うっかり部屋に落ちていても恥ずかしくないのがいいなあ、と。しかも、投稿は随時募集していたんです。

――締め切りがなかった！

間之　いつ送ってもいいんです。好きな先生方が活躍されているのと、リーフレットが決め手となってルチルさんに投稿したら、すぐに今の担当さんからご連絡をいただいたんです。

担当編集者（以下、担当）　面白くて、そのまま出版できそうな作品が投稿作として届いたので、こちらも驚きました。

間之　ありがとうございます！　作品も相性があるので、担当さんと出会えて本当によかったです。

間之流、物語の作り方

――物語の欠片が降ってくるとのことですが、お話はどのように作るのでしょうか？

間之　作品によって違うんですけど、映像が降ってくるときがたまにあるんです。手は動かしているけど、頭は働かせていないというときが多いですね。お茶碗を洗ったり洗濯物を畳んだりしているときに、ふいにパーツが浮かんで、そのまま映画のように流れていくんです。忘れっぽいので慌ててメモします(笑)。ゆるくリンクした作品の場合は、登場したときに「この子、彼氏持ちだな」とわかるので、その子から話を聞く感じで物語が生まれてきます。たとえば、花小蒔（朔衣）先生がイラストを描いてくださっているシリーズの『ダメ博士とそばかすくん』の実里くんは、その前の『おとなりの野獣さん』を書いているときに、米原店長と一緒にひょこっと出てきた瞬間に「この子彼氏いる！」ってなりました。

――執筆中に別の子が登場してくる？

間之　プロットの段階では考えていない脇役の子は、書きながら名前やビジュアルを考えていくんですけど、スピンになる子は、出てきた瞬間に「あれ？　この子彼氏いるぞ」と何故かわかるんですよね。実里くんの場合は、『野獣さん』が書き上がるころには彼の恋物語が浮かんでいました。花小蒔先生はラフを贅沢に何種類も描いてくださるので、ラフから刺激を受けることもあります。ビジュアルのバリエーションとして書いてくださった1カットを、「この顔好きだな」と一人のキャラクターとして独立させたこともあります。

――イラストから刺激を受けて、キャラクターが誕生することもあるのですね。

間之　イラストの力はめちゃくちゃ大きいです。一方で、言葉……タイトルと相俟ってお話が生まれたりもします。高星（麻子）先生、蓮川（愛）先生がイラストを描いてくださっているシリーズは、タイトルのイメージを揃えているのでそこから生まれてくることが多いです。イラストから作品のカラーが変わってくることもあって、「〇〇先生に描いていただくなら……」とキャラクターのビジュアルや性格が最初のイメージとは違うものになったり、文章を綴るときに選ぶ単語や文体が微妙に変わったりします。イラストを見たい気持ちから生まれてくる物語もあって、『はじめての恋わずらい』でカワイチハル先生にイラストを描いていただいたときに着物がとても素敵だったので、次にカワイ先生に描いていただくなら和服にしたいな、攻さんは長髪がいいなと思っていたら、『箱庭ろまんす』が生まれました。また、担当さんからテクノサマタ先生にお願いできると聞いたときは、テクノ先生の絵柄で私が読みたい世界のイメージを大事に膨らませていって『純愛スイーツ』が生まれました。イラストと物語がしっくり馴染んでいる作品をお届けできたらいいなと思っているので、先生方のイラストを想像しながら書いているんですけど、毎回イメージ以上の素晴らしいイラストを描いてくださるので感動しています。

――執筆するにあたって、気をつけていることなどはありますか？

間之　文章の読みやすさと、無意識の偏見を自分が持っていないか、不用意な言葉を使っていないかはすごく気をつけています。あと、勢いに任せすぎてはいけないけれど、勢いがなくてもいけないと思っています。執筆中は自分の中に「書く人」だけじゃなく、双子の辛口評論家のお○ぎさんとピ○コさんみたいに「それぞれ違う視点でツッコミを入れてくる人たち」がいて、彼らの批判を振り切らないと先に進めないので、書いている間は自分で自分を否定する感情や内なるお○ピーさんと闘ったりしないといけなくて、ずっとしんどいです(笑)。楽しく書ける方がうらやましいですが、書くほどに自分の「書けなさ」を思い知るので、その境地は遠いですね。内なる批判に負けちゃうと全然書けなくなっちゃうので、書けないところは飛ばしたり、迷いがあるところは色を変えたりして、とりあえず最後まで書くようにしているのですが、調子が悪いときの初稿は本当にボロボロなので誰にも見せられません。それを出力して、見直しながら手を加えるという作業を、担当さんに渡すまで最低でも5〜6回、人様に見せてもいいと思えるようになるまで、時間が許す限りやります。セルフ改稿作業のときは、内なるお○ピーさんが良い仕事をしてくれます(笑)。

担当　提出される前にこれだけご自身で推敲されているので、完璧な原稿が届くんです。こちらから言うことは何もないですね。

間之　担当さんは何を書いてもいいよと言ってくださって、放牧してもらえているので本当にありがたいです。

——大切になさっていることや、こだわっていることは？

間之　文章の読みやすさですね。同じ内容だったとしても、読みやすさによって、読み手への入り方が違ってくると思うんです。文章のリズムもすごく考えるんですけど、それが難しくて、いつも悩んでいます。好みがあると思うので、私の文体が合わない方もいらっしゃると思うんですけど、好きになってくださった方にはスッと入る文章だといいなと思っています。量が多いので、負担を感じずに読んでいただけるようにしたいです。また、あるときから、キャラクターとはいえ誰かの不幸を消費されがちなエンタメの中で書くことに悩み始めてしまって……。不幸から始まると、スタート地点からの落差でゴールにある幸せがとても大きなものになるし、感情を揺さぶられると満足度が高い読書体験になるんですよね。そういう作品を読むのは私も好きなのですが、自分で書くとなると葛藤するようになりました。これまでも決して安易に不幸を背負わせてはいませんし、キャラクターの人格形成に関係することしか書いていませんが、そもそも幸せなところからスタートして、もっと幸せになってもいいんじゃないかな、と。実はそのほうが物語として成り立たせるのが難しいので、無謀なチャレンジなんですけどね(笑)。些細なことも丁寧に描くとドラマになると思っているので、強いギミックを使わずに、キャラクターたちを大事にした物語を紡げたらいいなと思っています。でも、描きたいテーマに必要ならギミックも使いたいです(笑)。とりあえず、キャラクターたちがどういう形で恋愛をしているのが一番自然なのか……その子たちのあるべき姿を描きたいです。私が勝手に山場を作るために事件を起こすことはしたくないし、できないので。

――先生の頭の中に存在しているキャラクターの、ありのままの姿を描くのですね。

間之　執筆方法にはシナリオタイプとキャラクタータイプがあると思うんですけど、私はキャラクタータイプですね。この子たちが出会ったらこうなるとか、この子たちはこう言うだろうな、とキャラクターたちが動く方向に、私はキーボードを打ちながらついていく、という感じです。文章化の際に彼らの魅力が損なわれたり、読みにくかったりしたら私のせいなので、常にベストな言葉を探しながら書いています。

甘々な作品をコツコツと…

――改めて、デビュー10周年を迎えられてのお気持ちを教えてください。

間之　あっという間でした。花丸さんにはデビューじゃないと言われ(笑)、ルビーさんでは体調を崩してしまって、その後もお休みをいただいている期間もあるので、お祝いをしていただいてる立場でこんなこと言っていいのかと思うんですけど、ルチルさんとご縁ができた年が実質的なデビューだと思ってきたので、気持ちの上ではまだ8年なんです。

――では、ルチルでの10周年もお祝いしないといけませんね!

間之　すぐ来ちゃう(笑)。活動期間の割に作品数も少なくて、もう10年?　という感じなんですけど、ここまで続けてこられたのは、担当さんとイラストレーターの先生方と読者の皆様のおかげです。もう書けないと思ったこともありましたが、放牧派の担当さんが本当に自由に書かせてくださるから続けてこられましたし、イラストレーターの先生方が本当に素敵なイラストを描いてくださるおかげで執筆を頑張れるだけじゃなく、読者様に手に取っていただける機会が増えていると思いますし、何よりも応援してくださる読者様のおかげで「また頑張ろう」と思えます。お手紙などで直接応援してくださる方もいれば、そっと買ってくださっている方もいると思うんですけど、優しい読者様が多くてありがたいです。運と縁に恵まれてここまでこられました。

——今後はどのように活動していきたいですか？

間之　大きな野望とか言えたらいいんですけど、お話を書くことをお仕事にできているのがすでに幸せなので……これからもこつこつと大事に書いて、好みの合う方にお届けできたらいいなと思います。読者様が読みやすくて、楽しくて、面白いと思ってもらえるものが書けたらいいなと思うんですけど、自分を曲げてまではできないので、私が好きなものを好きと言ってくださる読者様がいてくださって嬉しいです。書いてみたい世界はいろいろあるのですが、シリーズものが優先なのと、執筆速度が遅いので、書けるかどうか。でも、ケモミミとバースものを書いてみたいなと思っていたら、「ポメガバース」が発明されていて、担当さんが今回の短編で書いてもいいよと言ってくださったので、書きたいものは何らかの形で叶うんだなと実感しました。

担当　編集部としては、漫画原作をお願いしたいと思っています。まだ野望の段階ですが。

間之　それはぜひやってみたいので、アイデアを温めておきますね。

——読者の方々にメッセージをお願いします。

間之　「書く人」になれるとは思っていなかった私がこんなに長く活動を続けてこられたのは、皆様のおかげです。ありがとうございます。初めて書いた一作目から変わらず、できるだけ理不尽な悪意や展開がない、お互いを大事にしているひとたちの幸せな恋物語を形にしたいと思っていて、そういう世界を受け入れて好きだと言ってくださる方がいるのは本当に心強いです。読書を通じて私が楽しませてもらったり、助けられたように、拙作をお手に取ってくださった方がしんどいときに寄り添えたり、小さな幸せをお届けできたりしたらいいなと思っています。書くのが遅くてお待たせしてばかりですが、需要がある限りは頑張ろうと思っていますので、これからもどうぞよろしくお願いします。

——ありがとうございました！

インタビュー／坏田はるよ

あとがき

こんにちは。今回のようなコンセプトのご本ではなかなかいらっしゃらないとは思いますが、もし初めての方がいらしたら初めまして。間之あまのでございます。

このたびは『ファンブック　ボンボニエール』をお手に取ってくださり、ありがとうございます。

……そうなんです、なんと十周年を機にファンブックを刊行していただけました！　しかも一冊ではまとめきれない大ボリュームだったので『作品集　プティ・フール』と同時刊行です。

どちらもとっても美しくて可愛い、幸せなご本にしていただけました。タイトルのとおり、小さくて甘い幸せをたくさん詰め込んだご本を目指したので、セットで楽しんでいただけたら幸せです。

こんなに長く活動を続けてこられたのも、特別なご本たちをお届けできることになったのも、ひとえに応援してくださる読者様、いつもイメージぴったりに素敵なイラストを描いてくださるイラストレーターの先生方、やさしくて懐の深い担当様と出版社様のおかげです。心から感謝いたします。

今回の『ボンボニエール』と『プティ・フール』は、応援してくださる方（fan）にとって楽しい（fun）ご本になったらいいなという願いをこめてたくさんのSSを書き下ろしました。作品としてピリオドを打ったあとも私の中でキャラクターは生き続けているので、彼らの幸せな「その後」を書けてうれしかったです。

文章中心の『プティ・フール』に対して、『ボンボニエール』は雑誌「ルチル」さんでの十周年記念特集もまとめていただいたので（※蓮川先生の美麗ピンナップだけは対になる描き下ろしイラストと共に『プティ・フール』に収録されています）、イラストと企画がたっぷりです。さらに、最高に可愛くて楽しいポメガバースイラストたちと新たなマップたち、すみずみまでお洒落で可愛くて美麗なカバーイラスト（シリーズの全カップル十八人！）の描き下ろしのみならず、スペシャルイラストの掲載もご快諾いただけて、本当に豪華で幸せなご本になりました。

【既刊でお世話になった順に】花小蒔朔衣先生、高星麻子先生、テクノサマタ先生、カワイチハル先生、蓮川愛先生、今回も美麗で可愛くて楽しい、素晴らしいイラストを本当にありがとうございました。ラフや完成イラストをいただくたびに幸せな悲鳴をあげておりました。

また、ディテールまで品よく可愛いデザイン（大好き）をしてくださったデザイナーのomochi様、インタビューをしてくださったライターの埖田様にもたいへんお世話になりました。プロのお仕事ぶりのすごさに感動と感謝しきりでした。本当にありがとうございました。

ほがらかで頼りになる担当のF様をはじめ、今回も多くの方々のご協力と、たくさんの幸運のおかげでこんなに素敵な形でこちらのご本をお届けすることができました。ありがたいことです。

読んでくださった方が、明るくて幸せな気分になったらいいなあと思っております。

楽しんでいただけますように。

雪柳の季節に　　　間之あまの

初出

ハロウィン・マンション
ルチル2022年3月号（2022年1月）

ハロウィン・クロゼット
ルチル2022年3月号（2022年1月）掲載に大幅加筆

ハロウィン・マジック
書き下ろし

ハロウィン・プレゼント
書き下ろし

ハロウィン・スイーツ
書き下ろし

ハロウィン・スナップ
書き下ろし

ハロウィン・ことはじめ
書き下ろし

ポメガバース詰め合わせ①
もふもふ変身マジック
SNS公開作品

ポメガバース詰め合わせ②
ポメ化有効活用クリニック
書き下ろし

ポメガバース詰め合わせ③
計画的ポメ化チャレンジ
書き下ろし

ポメガバース詰め合わせ④
ポメ恋ミスティック
書き下ろし

ポメガバース詰め合わせ⑤
キスともふもふ
書き下ろし

ポメガバース詰め合わせ⑥
もふもふの野獣さん
書き下ろし

八束ファミリーのハッピーバレンタイン
SNS公開作品を大幅加筆

湯けむり不思議旅行
書き下ろし

水辺の佳人
SNS公開作品

あつあつ相愛クッキー
書き下ろし

おいしいしあわせ暮らし
書き下ろし

間之あまのファンブック

ボンボニエール

2023年2月28日　第1刷発行

著　者　　間之（まの）あまの

発行人　　石原正康

発行元　　株式会社 幻冬舎コミックス
〒151-0051　東京都渋谷区千駄ヶ谷4-9-7
電話　03（5411）6431（編集）

発売元　　株式会社 幻冬舎
〒151-0051　東京都渋谷区千駄ヶ谷4-9-7
電話　03（5411）6222（営業）
振替　00120-8-767643

デザイン　　omochi design

印刷・製本所　中央精版印刷株式会社

検印廃止

ISBN978-4-344-85157-3　C0093　Printed in Japan

幻冬舎コミックスホームページ
https://www.gentosha-comics.net

本作品はフィクションです。
実在の人物・団体・事件などには関係ありません。